曇りの都

安本 達弥
YASUMOTO Tatsuya

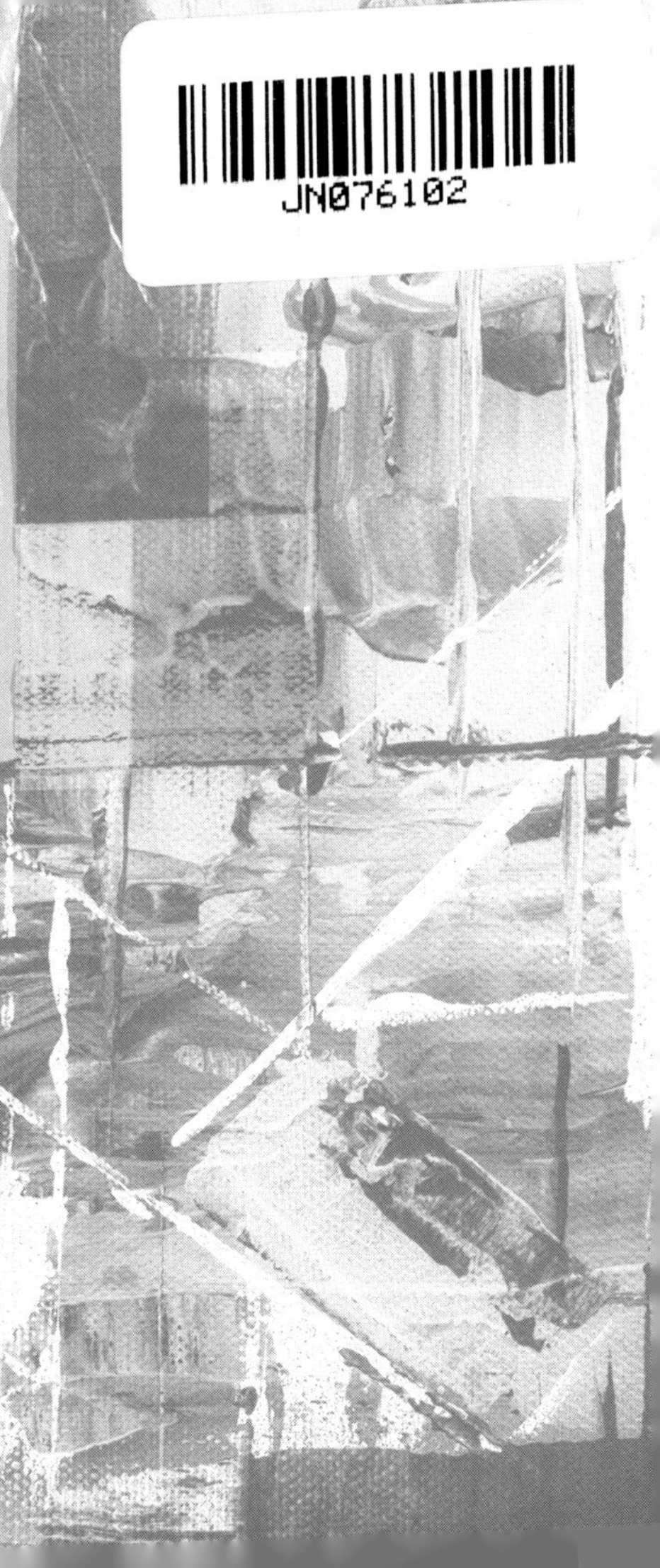

文芸社

1

アクセルを踏む。メーター目盛りが急角度で回り、一挙加速。

程無く、左右見渡す限り、田園風景のあらゆる場所同士つながり、溶け合わさり、もはや無限大に近い一物体として認められ出す。やがて、そこから量感が抜け去り、単なる「絵柄」として延々巡り続ける具合となる。

時速百七十キロメートルに達した。

ここは高速道路でない。明らかなスピード違反なのに、全然自制できない。人間、所変わればこうも、遠慮無く運転できるものか。

様々な条件の重なりが原因だろう。何せ先程から十分近く、走行車線及び対向車線に一台の他車も見えず、我が物顔で走れる。しかも、幅広く滑らかな舗装道が農村地帯のど真ん中を、カーブせず真っ直ぐ延びている。

これなら誰でも一度は、フルスピードまで上げてみたくなる。


もう一つ、彼にはぜひとも、まだ明るい内、目的地「日入市《ひのいり》」へ到着したい心積もりが有った。同僚の若手女性記者との、駅構内待ち合わせ時刻を気にしていたからである――。「月刊クリヤ」編集員、津田隆夫、二十八歳。これ程長期見込みの遠方出張は、入社以来経験無く、今回、いささか旅行気分の勝った取材行の感は否めない。

定刻より少し遅い朝方、勤務している準大手出版社「転石社《てんせき》」の本社所在地「徳川市」を出発後、六時間以上、車中で過ごした。五月末日。初夏を思わせる力強い晴天も、そろそろ夕方近い色をうっすら帯びる頃か――。


道はやがて、緩やかながら斜面に入る。

これまた延々たる長い上り坂だ。高速を保つ必要よりも、重力に負けたくない意地でアクセルを踏みっ放す感覚。

左右の風景共、若干変化が起き始める。豊穣な大平野とは打って変わり、見た目も段々、険しい山岳の谷間へ吸い込まれそうに走る。

相変わらず広い道幅、擦れ違う車も殆ど無い。しかし、カーブが増え、傾斜はいよいよきつくなる。

崖や斜面等、起伏激しく立体化した土地が真横を次々掠《かす》める。あらゆる近景が入れ替わり立ち替わり、こちら目がけ迫り来る勢い。隆夫も否応無くそれらと闘いながら運転し続ける構えである。

一方、何より増して天候の変容が凄い。つい三十分前まで想像すらできなかった積雲渦巻く灰色の空に、所々開いた晴れ間から陽光も照り映え、明暗入り交じり斑《まだら》状の相を表す。標高二千メートル級の山脈に差しかかった事は、前以て調べた道路地図の記憶からぴったり気づかされる。

山中貫《つらぬ》く長い長いトンネルを抜けた後、情景は、またも一変した。というより、どこか空気が異なる見え方なのだ。同じ地上なのに……。あたかも国境を越え、別国家へ入った場面を思わせる。

直接確かめられないが、周辺一帯、まだ、かなり高さの有る丘陵らしい。なぜならトンネル前の上りと比べ、さ程下らない内、起伏緩やかな林道に落ち着いてしまった。
しかし、それからまた三十分近い走行を経て、さらなる急な下りが訪れた時、眼前に、思わず「あれだ」と唸らせる平野、いや盆地が開けて来るのだった。

再び見通し良く、広い農村を駆ける一本道となり、左右両側、キャベツ等、収穫間近な春野菜に埋まった畑がビュンビュン飛び過ぎて行く。

が、どうも、アクセル踏んで快速を楽しもうとする気になれない。そんな前回並みの、心身共思い切り発散したくなる解放感とは別なものが、自車を包み込む。

いや、あたりすべてに亘《わた》り言える事であるかも知れない。それはトンネルを抜け、大高原地帯から日入市へ入って以後の特徴。

盆地故、領域内に大気が留《とど》まりがち、といった見方も幾らか成り立つだろうが、隆夫は、「光」までが同様に、十分入れ替わらず淀んでいる肌合いを催すのだ。

人間、視覚に情緒を左右される面が多々有る。山岳をひとまず越え切った所為だろう、厚い雲にも動きは消えた。四方平たく均《なら》され、濃淡乏しい。

まるで薄灰色の膜が空からぴったり被い、人の力は勿論、自然現象にすら揺るがないような一様さ。あえて称するなら、ここは「曇りの都」か——。

　そうした中、地上では、一、二時間前と比べ、むしろ普段から見馴れた風物が登場し、数を増すにつれ次第次第、心なしかホッと和む。

　木造家屋の多い集落内に、鉄筋コンクリートビルも目立ち出す。

　やがて、六両編成で郊外電車が行き交う姿を横にすれば、「ほう……、都会だなあ」と、懐かしく感じられたりする。途中、長い道程《みちのり》が辺境的だったため、その意外な利便性はいささかアンバランスであるが、却って特有の風土を教えられる按配だ。

　そこは確かに、歴史や伝統で裏付けられた深みを滲ませる。「香り高い文化」に値するシンボル、例えば大城址が高台から町を見下ろしていたりもしないのだが——。

　只、ここへ至るまで十回以上通過した県内他市町がいずれも、平板で農村色濃かったのに比べ、日入市のみ純然たる都市空間を有する。そして周囲は広域に亘り、住宅街——軽快な最新スタイルの一戸建ても多く見られる。

　古来、田舎だった事が一度も無いかに、町角の店々も垢抜けた装いで立ち並ぶ。

　初めて眺める目にそう思えてしまうのは、先入観の仕業が少なくないだろう。なぜなら、ここ日入市は、豊富な銅鉱産出と関連会社群により、長く潤って来た〝企業城下町〟だったのだ。

採掘から精錬・加工まで全過程を担う「E金属鉱業株式会社」が、その盟主だが、国際的な分業・効率化や価格競争――と、時代の波に乗り切れず、大倒産に見舞われた。

以後、今日まで十数年間、大変不透明な経済条件を引き摺っていると言う。


「〇〇会館」といった立派な公共ビルや、学校・医療・娯楽施設等、各方面で色々揃う充実ぶりに、往年を偲ぶような残り香が漂って見える。決して「みなぎる活力」とはならず――それも、斜陽の町のイメージを、ここへ当てはめようとするジャーナリズム感覚であろうか。

全国どこも似たり寄ったりの情景だが、ビル壁のくすんだ灰色が、より深く脳裏に刻まれてならない。


中心部へ入ると、意外に時間を取られる。距離面は、もう少ない筈なのに。

先程ならアクセル一本で解決する急ぎ運転も、何やら勝手が違って来た。

各道路間のつながりを中々摑めない。どこも幅狭くなり、頻繁《ひんぱん》な曲がり角や行き止まり

――。

〈迷ってしまったか……〉

とにかく、あちこち進んでみる。相当のスピードダウン。標識に示された案内が分かりにくく、すぐストップし、思い直す度、引き返す。

そうする内、空模様も、また一段階変わる。遥か山稜上の低い空はますます黒雲で満ち、頭上のみ妙に開け、眩しい位。そのため暗い空を背に、地上の町並みが白々と映えて見え、異様な感じもする。

嵐の前と似て来た。だが、わざわざ通行人に尋ね事をするのももどかしい。かなり狼狽気味だ。

明らかに程近い分、それは待ち合わせ場所の「日入市駅」へ、もしかしたら午後五時丁度に間に合わない不安を掻《か》き立てる。

初めての地ならば、どうせこんなものか？

いや、そうではあるまい。やはり、何か特殊な風土が息づく影響なのだ……。

迷ったり確かめたり苦労する内、少しずつ体全体が、この町の価値観に馴らされて行くきらいも有る。

随分手こずったあげく、ようやく「大裏《おおうら》電鉄」日入市駅ターミナルへ辿り着く。予定を十五分超過。只、この時間帯にしては駐車場がたっぷり空いており、助かった。

自動車ドアから地面へ降り立った時、改めて、

「一体これは、どこの国だ？」

と、正直疑わずにいられない気分だった。

数時間ぶりの外界で、顔面に当たる乾いた空気は、暑くも涼しくもない静止感触。そして、南寄り一部のみ、何とも白々輝く空――周《まわ》りがおしなべて暗いため、まるで限り無く高い「白天井」のよう。

その白光に映え、駅北側でそそり立ついかめしい大ビルディング――観光ホテル、いや老舗デパート？　――は、仄《ほの》かな薄緑色がかった壁色もあちこち汚れ、半ば廃屋の趣を際立たせる。

遅れた待ち合わせも何とか適《かな》い、一《ひと》安心できた。相手は同じ職場に勤める女性記者の横井絵美、二十六歳。

月刊クリヤ編集室で、一昨年から隆夫と席が向かい合わせ。息の合ったところを見せている。

今回の出張では、原則二人別行動を命じられた。先ず、絵美が三日前、徳川市より国有鉄道や郊外電車を乗り継いで日入市入りし、事前調査を始めている。隆夫到着後、直ちに会い、夕食の場で約一時間、予備知識も兼ね、ひと通りその大筋を伝える手筈である。

泊まり予約されたホテルは同一だが、チェックインの時刻もずらし、絵美が徒歩、隆夫が乗用車使用――と、客同士の無関係を装う。

2

最上階七階のシングル室内で、縦長の大きな北窓を前に立つ隆夫。

白レースカーテンをすっかり開けてみると、眼下に、パノラマの如く町景が広がる。ほぼモノトーンと言って良い位、渋い色調だ。

暗い、いや薄黒い空に周りから取り巻かれ、依然冷えびえと映える市街域も、この自分に何事か告げるような……。


曇り日、遅い夕刻。今日最後の輝きを宿す町並みは、確かに美しい。「器」が立体的であり、まさしく都会ならでは、と認める。

道路を挟んだ正面ビルに遮《さえぎ》られ、日入市駅舎こそ見つけられないものの、ここら一円が最も中心地であるらしい。

そして、奥行き深く遠方の山沿いまで開発され、建物で埋まる様は壮観。多く占めるのが、割合新しいモダンな低層住宅だろう。

ここ、ホテル「福鶴《ふくつる》」は、駅のすぐ南でありながら、どちらかと言えばうらぶれた印象の区域に属する。

まだ自分は、この町の中身を何も知らない。実際身を置き、改めてそう感じる。その分、「さあ、これから調べ回るぞ」と、無鉄砲な意欲も滾《たぎ》り始めているが、大方それは旅行気分のなせる業。

長期出張一日目とあって、何かしら心が絶えずはしゃぐのも止《や》むを得ない。

この町では十数年来、「革命」がささやかれ、常なる話題となりつつあるそうだ——今回、出張取材の用件が、何とその詳細を掴む事だった。こうした点、表向き趣旨と若干異なる。

——編集長から前以て説明を受けた内容も、最初、大不況真っ只中の日入市にて、最近どうやら経済が活性化し始めた兆《きざ》しが窺《うかが》えるため、全国向け報道に値するネタかどうか見定めたい、というものだった。

しかし話が進む内、これが、課内ですらまだ極秘の、かなり犯罪めいた伏線を伴う事に気づかされた。

即ち、日入市内の独自組織により、現在活発化している政治・思想的運動の拠点を二ヶ所示され、各々活動家に直撃インタビューせよ、との指示。中でも急先鋒とされる秘密結社「巴団《ともえだん》」の本部事務所へ、明日午前中訪れ、星林代表《ほししげる》と会見する予定。

他誌が目を付けない内、新鋭二記者の若さに、多少がむしゃらな挑戦欲を期待した向きもあろう。

記者当人＝隆夫には、潜在意図を呑み込めない一方で、やたら任務の重さばかり伝わったようだ。

〈また大層に『革命』なんて……？　本気だろうか〉

我が身に照らし甚《はなは》だしく縁遠い次元故、却って気懸かりも催す。

以前、学校時代習った程度の知識だが、何世紀も長期間根づいた社会秩序を引っ繰《く》り返す根本的変化である点は分かるし、歴史上多くの場合、それは、血腥い暴挙ともなり変わるもの。過去半生で体験せず、フィクション紛いのそんな現象が今度ばかりは、実際起こる可能性有り……となれば、当然、日入市大不況から影を落とす社会不安をクローズアップさせる他無い。

夜更け、午後十時頃、早々寝ついた隆夫の脳裡に、或る残像が未だ生き続けていた。夢内のあらゆる風景で、遠く一ヶ所、必ず同じ石造建築を見つける運びになる。位置する地面が、そこだけ小高い所為なのか――まるで丘上の古代神殿。

　建物自体は実の所、夕刻、日入市へ初めて第一歩を下ろした際、駅北側でそびえていた大型商業施設に他ならない。

　低く垂《た》れ込めた黒雲の層を背に、ひとり白っぽく映える石壁面が、やや明る過ぎる満月の夜を演出し、芯から涼やかに感じられた――記憶とも幻想ともつかぬ物憂い〝神殿〟は段々、彼を「神話」の世界へ駆り立てようとしている――。


　昼間の日程も一応無事為《な》し終え、すっかり落ち着いた格好の今、心・体そして大地をも、なぜか完全一致させてしまいたい恐るべき衝動にゆだねる具合だ。

　会社上司より真顔で託された「革命」取材――テーマ自体が持つ特殊性と、美しくも陰影濃かったあの駅前風景の残像が、結びつかざるを得なくなる。


　現在、日入市は、市政始まって以来の経済苦境に在り、そこへつけ込んだ政治勢力が台頭――前者は予備知識でしか知らないが、後者の不穏さに否応無く感情移入するこの心理はどうしたものか。

　何処とも歴史上、必ず巡り来る〝性徴《いち》〟？

大衆無関心な中、そうした現象を逸早く収録に踏み切る先陣が、要するに自分なのだ。

そう思いかけると隆夫は、己次第で政情、あるいは革命動向すら左右しかねない立場を意識し出す。

浅い眠りに、半ば常識が麻痺した症状も手伝い、食い止められない。倒錯的と認めつつ、やたら気ばかり大きくなる。野次馬同然なれど、少数選ばれた立会者なら、また意味が異なる筈、と。

まだ実態を知らない分、余計のめり込んでしまう。

「革命」幻想に乗っかり、隆夫が、己自身のため脚色し出した「神話」。その行き着く先は、誰一人考え及ばない位遡《さかのぼ》った世界――「天地創造」だった。

得体も知れぬ新革命の第一目撃者になりそうな過剰意識や、旅の初夜という非日常性から、次々産み落とされる想念。思いつく事自体楽しいとは言え、実は私こそが全人類の興亡を司《つかさど》る主でもあった――等、凡《およ》そ常人なら「バカげた戯事」で打ち消せるのに、そうならない。

〈もしかしたら、本当かも知れない――〉

確率の低い方にばかりこだわる。まともな論理が働かないのか。いや、当地では、こちらの方がどうやら自然？　こうして洗礼を受けている真っ最中らしい……あらゆる思いつきのいずれも、順次、信ぴょう性を帯びたままつながる。

〈そうだ――〉

貴重な同僚一人が今夜、同じホテルで過ごしている事実に、彼は突如、期待し始める。

この問題は、とても独力で収め切れない。土地柄・民俗の関係？　いや、著しい重責感に因《よ》るものか定かでないが、こんな浮き足立った調子だと明朝が思いやられる。寝過ごしたら大変なのだ。

彼はついに、はっきり目を開く。不思議と軽い感覚を有する。

ゆっくり起き上がり、ベッドから下りるやそのまま、勿体付けた足取りで廊下へ出る。


五〇三号室。

真夜中の、予期せぬ訪問者を恐る恐る招き入れた横井絵美は、呆《あき》れる一方、然して迷惑がる反応も無い。

むしろ、ようやく心落ち着けたのでは？　と隆夫に察せられる程度。彼女もきっと、いつも通り眠れなかった所だろう。丸い天井照明二ヶ所の内、片方が、まだ灯っている。

平素、表情に喜怒哀楽が薄い、理性的で捌《さば》けた人当たりの女性だ。

だが、万事あっさり受け流せるタイプでも、これには驚きを禁じ得ない。そもそも二人別行動を前提とし、必要最低限のみ連絡を取り合う方針。

明日、隆夫側取材スタートに当たっては、細かい手順のみ確認のため、今夕の食事処と同じ駅構内レストランで再度待ち合わせる予定だった。相手が過激な政治組織、との見方からせっかく慎重を期したのに、いきなりホテル内で同室したら意味が無くなる。

そこらあたり、きっちりわきまえた彼が、こうしてだらしなく寝間着姿のまま現れる事自体、あまりにおかしい。

何が起きた？　いや、起きかけているのか——。

彼女から見てどう考えても普段通りでない接し方が、反面、生理的な抵抗感を忘れさせたかも知れない。

隆夫は、絵美の背中に手を回し、静々ベッドへと向かう。

毛布一枚の下で寄り添い、双方横たわると大いなる安心が得られたか、しばし目をつむり、二、三度、芯からゆったり呼吸する彼。

錯乱し切った脳内を、整えるにふさわしい癒《いや》し環境？

だが、今や過剰な力が、体の方へ移っただけなのだった。

　隆夫は無言で、絵美を見つめる。前にも後にもこれが唯一のチャンス、と覚ったかのよう。これまで、勤め先や、終業後適当に続けて来た付き合いから一挙飛躍。当人すら測《はか》り切れない個人表現が送り出される。


「大丈夫？　……」

　目つきも焦点定まらず、自己と逆の感情を呼び込んだような隆夫に、絵美が改めて疑いかかる。

「もう、バレてるよ、――フロントにはね」

　本気で答えず、芝居がかった断定口調。やや堅い張り声が、得意気でさえある。

　絵美は隆夫に、別人格というより、常人の仮面をかなぐり捨て、言わば「悪い正体」に徹する開き直りが見出せた。

　誰もが多少、身に覚え有るもの。しかし今夜、彼の場合、そうならざるを得ない事情を抱えていそうな気配が、より強いためか、絵美も取り敢えず合わせ続ける。


　隆夫、思い切って一度しっかり、彼女に口付けする。有無をも言わさず、と気負う情《じょう》？あるいは儀式的な意味合いも――。

「頼む、ずっとここに居させてくれ。――ぼくの度胸だけじゃ、全然勝ち目無い。心の一致が、どうしても必要だ。

明日、朝、二人で外回りに出る」

「駄目よ。怪しまれちゃうじゃないの」

ホテル内どころか取材相手にまで？　彼の、この明け透け感覚は――一体、どうなっちゃったんだろう……。

彼女が訝《いぶか》れば訝る程、隆夫は納得し、自信を増して見え出す。彼にとって今、職務を全うさせるべき「心の一致」さえ、もう建前と化し、ひたすら体の一致のみにすべてをつぎ込む勢いが優先する。

煌々《こうこう》たる天井照明は間も無く消され、全面窓無しの東壁側で、脇から淡くオレンジ色にベッドを包み込む小型電灯のみとなった。弥《いや》が上にホテル宿泊ムードが盛り上がり、堪能《たんのう》したい欲情に溺《おぼ》れ切れる。

「革命だよ」

「えっ!?　……」

「――違う――　『天地創造』だ」

「天地創造――。何なの？　それ」

怪訝さを募《つの》らせる一方だった絵美。しかし顔つきには、彼の下手な口説き文句が始まった、と解する色も。

「分かり易く言えば、革命が、即ち天地創造なんだ」

「……。さっぱり分からないわ」

「分かるようになるさ、きっと――。

明日、二人で、連中のアジトへ乗り込もう。凄いカリスマが牛耳ってるらしい」

いつしか男女は、お定まりに官能的恍惚《こうこつ》の淵へ至る。

結局、彼にとり〝天地創造〟は、今日一日で十分達成できる、というあたりが本音だったであろうか――。

3

ひどい曇り日だった。街灯が、まだ消されず、午前八時過ぎなのに暁《あかつき》頃を思わせる。とにかく異様な程、空低くうっとうしい。

前日、盆地周辺を固めていた層雲が、いよいよ内側へ流れ込み、居座ったような有様。空と併せ道路面も町並みも、全体どこか青黒いフィルターが掛《か》かったかに見える。

嵐の前を思わせる割に空気は乾き、雨が降り出す兆しも感じられない。が、もし、ここが毎日、こうもどんより沈み切った空間ならば、人々は正常な気持ちで暮らせるのだろうか？　と、却って有らぬ疑問を催したりする。津田隆夫にとり、「日入市の朝」体験は正真正銘、これが第一日目だから——。

月刊クリヤ記者二人が乗る中型車は、駅南ホテルより東南東へ、五キロメートル余り離れた通称「古井戸地区」内を、超ノロノロ運転。駐車場探しも兼ね、「貧民街」とされるここら一帯の空気に浸り込む。生活実態に関し、予《あらかじ》め、大凡《おおよそ》の見当をつけておきたかった。

町中は、殆ど人通り無い。

狭い道路脇を鉄筋・木造入り交《ま》じり、小振りな建物が密度濃く並ぶ。いずれも、地方中都市にあまりそぐわないモダン様式の、凝った外観。ここがかつて銅鉱業を支えとして、長く栄えた証《しるし》か？

無論、先入観は否めないが、その静まり返った様子は余計、どうしようもない低迷に喘《あえ》いでいる現実も、どこからともなく受け取れる気がするのである。

住宅街のずっと南外れに、手頃な駐車スペースが見つかり、隆夫達はようやく、車を停《と》めて出られた。そこからすぐ近い、細長くレンガ倉庫風に陣取る喫茶食堂へ、連れ立って入る。

目的地の所在は、先程、車内から下見し終えた。取り敢《あ》えずワンクッション置き、逸《はや》る気分を落ち着かせたい。

前以て電話したインタビュー申し入れも承諾済みであり、まさか門前払いされる事はあるまい。只、取材意図をいきなり見抜かれたら、望む程の収穫が得られない恐れも有る。

センセーショナルな質問よりも、なるだけ相手を安心させ、こちらも冷静に応《こた》えつつ、本音を引き出せる方が賢《かしこ》い。そのためには「革命派」なる相手をことさら危険視せず、むしろ番記者紛いの気軽さを装い、肯定的、あるいはその思想に強く期待した接し方も厭《いと》わない心積もりでいる。

インタビュー予約した午前十時まで、まだかなり余裕が有る。通常の出社・勤務と似た時間枠だが、恐ろしく深い曇り空が夜明け前後を思わせる事も手伝い、むしろ早く来過ぎた感覚さえ抱きそうな記者二人。引き続きゆったり店内休憩する。

当地方が如何に「北方」とは言え、緯度からして他所より夜が長かったりする訳でないのに——。

隆夫としては、「仕切り直し」の心境だ。昨夜、少々過激に呆気《あっけ》なく、プライベートな願い事までが叶《かな》ってしまったし、弛《たる》み切った身心をもう一度引き締め、挑戦者に戻らねばならない。

静かな中、「駆け出し」並みの意欲や勇気もみなぎり、幸先《さいさき》良さを信じる。

また、直接でないが幾らか、危険と隣り合わせた立場も意識する。「張り込み」とまで言わないものの、いつになく構えてしまうのは、今回取材ならではの、やや探偵的な性格を物語る。

店内は場所柄に似合わぬ高級感を漂わせる。天井ほぼ全面のステンドグラス――涼しいクリーム色系の地に、多様な彩色。アールヌーボー風唐草模様が面白い。白い蛍光照明により、天窓よろしく穏やかな輝きを、テーブルや床面へたっぷり届ける。

今日これからの行動スケジュールを、念入りに打ち合わせ始める二人。自然と身についた習慣で、顔近づけ話し込む様子が、傍から目立つかも知れない。客数が少ない場合、尚更。

一応、恋人同士を装う手筈《てはず》で、只黙ったままコーヒーを飲んでいる時も有り、その間、他席や店員達をさりげなく眺め遣《や》る。

この店は、毎夕刻以降、バーと変わり、夜更けまで営業し続けるらしい。カウンター中央付近、夜勤明けとおぼしき中年男達ばかり、四、五人集まる。女性店主を囲み、世間話に興じる。飲み物はコーヒーかと思ったら、朝っぱらから間違い無くアルコールが入っている。他店で飲んだ後、こちらへ移った〝二次会組〟も一人混《ま》じり――。

彼等にとり、これからしばらく「くつろぎ時間」という事だろう。この比較的広く、品良い店内空間とは少々不似合いな猥雑さが立ち込める。殆ど立ち飲み屋同然に、気易く利用される場所かも知れない。

隆夫は、全く人通り少なかった戸外と重ね合わせ、現在、市民が知らず知らず背負わされた停滞感を、その人いきれから肌で味わう心地となる。

カウンター前で、店主が男達をからかう。

「あんた方、そろそろ帰って寝なきゃ、夜のお勤めできないよ」

「ええっ？　次は明日、朝出の半ドンだぜ」

「何忘れてるの、うちの店が先でしょー」

日常ワンパターン化し、双方分かり切ったような台詞《せりふ》を交わしたり、金銭貸し借りや家庭不和について、時折高ぶりながらも、だらだら喋り続ける。家計逼迫《ひっぱく》を訴える程の深刻さは特段窺《うかが》えない。むしろ、有り余る体内エネルギーを絶えず発散させたい様子。

反面、テーブル席は半分足らずしか埋まらず、やや陰気に沈む。普段通りなら、一般サラリーマンが仕事に取りかかる時間帯の所為もあろう。

4

表通りから遠い市街内の或る角に、ひっそり建つ古めかしい「浜岡ビル」。

その西南隅に設けられている通用口は、ドア無く、幅二メートル弱という狭さ。まるで、谷間に洞窟が見つかった感じそっくりである。

入ると、ごく僅か先で階段となり、地下へ下りて行く。

中堅企業の本社を思わせるビル自体、粗雑な造りで、窓が少なく、内部へお客を呼び込む性格の施設でないのは明らか。

今朝、それら全窓から明かりは漏れておらず、普段営業しているかどうか疑わしくなる体裁だった。外壁に看板やポスト等が一切見られない点から、空きビルの可能性も無くはない。

あるいは、かつて鉱山系の製造会社が所有していた跡とも考えられる。中規模とは言え、立派な五階建てビル内が十年以上無人だとすれば――思っただけで寒々しい。

現在、日入市経済はどうやって循環が保たれているのか？　通りの端々に荒廃が感じ取れる。独占的基幹産業を失った町はどこも、こうなり行くものと、推測する他無い。

側壁に小型蛍光灯が、約二メートル間隔で連なる急階段。足元を注意しながら下りると、コンクリート地剥《む》き出しの、仄《ほの》暗い通路上へ行き止まる。

正面壁に嵌《はま》ったドアは、まさしく、目的とする政治団体の活動拠点を示す。表札代わりか、右三つ巴模様のマークを彫り込んだ薄い銅板一枚のみ、貼りつけてあり、天井照明一本に照らされ、誇らしく浮かび上がる。

その登録者は、看板通り「巴団《ともえだん》」。

隆夫が、自ら「無鉄砲」と認める勇気を発揮。事前申し入れの時に知らされた、三種類の異なる速さで繰り返しドアノックする合図――六回目終了後、奥へ迎え入れられた。

隆夫は、そのドアから二度と出られなくなるケースも思い浮かび、内心穏やかでない。

が、意外にも型通りな応対ぶりに、却って拍子抜けさせられる按配だった。

そこは、結構さっぱりした業務空間だ。自社の編集部を、つい連想してしまう。凡そ政治結社本部に見えない。

天井照明が隅々まで白々と照らし、清潔そのもの。少なくとも、当初予想していた如何《いかが》わしい「アジト」イメージは十分払拭《ふっしょく》された。

在室メンバーも、総じて若い。人同士、軽くやり取りする様子のみ追うと、丁度、文化祭を控えた学生自治会的な調子すら窺える。


只、特ダネの取材者として、いささか切り出しにくい点に、隆夫もすぐ気づかされた。

彼等は、何か同じ一定秩序に支配された中、常時忙しく立ち働いており、見知らぬ来客など全然、関心を持たれない。

戸口へ出て、入室に導いた幾分年配の一人も、恐らく監督役らしい。顎《あご》はしゃくり型、分けた髪を額にぺったり撫で付け、濃紺の縦縞模様スーツ・赤ネクタイ――見かけがやたらキザっぽいものの、超然たる物腰。

多数寄せ並ぶテーブル前まで記者が入った所へ、椅子を提供し、「どうぞ、お座りになり、遠慮無く御見分下さい」とばかり案内されたが、挨拶や、外向け笑顔で用件を尋ねる気配りは見られない。

結局、訪問目的等あらゆる点について、こちらから腰低く順次説明し、その都度、相手側の顔色を確かめつつ進まねばならなかった。隆夫も「ここは怯《ひる》まず頑張ろう」と、己に言い聞かせ、慎重さを心掛ける。

やがて、大凡《おおよそ》の来客像が摑めたようで、その中年メンバーはやっとこさ不愛想を解《と》き、真っ当な会話も可能かと思われ出した。


その時、テーブル群を挟んだすぐ向こうから、異状を認めたかに出入口側へ近づいて来る長身痩せ型の男——一目で、団長の「星林《ほししげる》」と直感させる——。

彼は終始無言。疑わし気な表情で突っ立ったまま、真正面に記者二人を見下ろしていたが、特に何も問題無いらしく、いつの間にか別室へ消えてしまった。

丸首・長袖の黒シャツに、ぴったり細い黒ズボン。ややちぢれがちの髪短く、口周りは髭《ひげ》を蓄え——どこかお定まりな貧乏学生スタイル、と言い表せそうな容姿だ。巷《ちまた》の説では、三十代半ば位。

が、眼光の鋭い冷ややかさは、誰しも一度会うと、中々忘れる事ができないだろう。

ごく数分間のみ登場中、彼の動きを遠くに辿ってみた。

時たま、仲間からメモ、あるいは郵送による一枚物《もの》文書を手渡されて読んだり、各テーブル毎、自ら覗き回り、何事か注文し、聞き質《ただ》す仕種が気に懸かる。どうやら相当、専門案件を扱って見えるのだが、それら流れがいとも手早く、とうてい一つ一つ留め置かれるものでない。

普段からそんなに、仕事ばかり多いのだろうか。

オフィス風の広い床面は、縦横にテーブル多数が占める。ザっと室内全体眺め渡す内、左側壁沿いの一画で五人余り横並びし、電話連絡している席が興味をそそる。リアルタイム情報が飛び交う中、対応に追われているらしい。

活気溢《あふ》れる「職場」なのだ。

粗末な丸椅子上から、そんな光景を直接目の当たりにする雑誌記者達――。隆夫は、絞《しぼ》られた調査項目で予定通りインタビューへ移るには尚、波長のズレを覚え、要領得ないまま。思い切って声潜《ひそ》め、どんな作業内容か尋ねるや、「価格の相場を調べている」と、相手から意外な答えが有った。

もしかしたら、手広い規模の不動産買い占めでも行なっているのか？　ならば当然、売り時が一番問題だろう。

そうやって殆ど休む暇無く働き続ける十数名を前に、隆夫と絵美も気負けせぬよう、せめて形だけは、と、新たな質問を重ね、返答通りひたすらメモして行く。

巴団の〝世話役〟も、取材意図を粗方《あらかた》理解してくれたようで、案外詳しく、組織の成り立ちや理念、星個人についても世の知らない横顔等を教えてくれる。

自己紹介代わりに最初貰った名刺は、「武井正道《たけいまさみち》」とあり、察するところ副官クラスだ。

聴きながら隆夫は、どうも自分達は模範解答を摑まされかけているぞ、という感触が一度ならずよぎった。相手の如才無い変わり身に、宣伝臭を嗅ぎ取ったのだ。

あるいは、この小綺麗さわやかな業務空間すら、こしらえ上げられた舞台の恐れが有る。

只一人インタビューを受ける武井氏によれば、星は滅多に笑顔が見られないらしい。口数も極めて少ない。只、放任主義でなく、一見雑然たる集団内に思うまま、無言の統制を利かせている気配が、部外者にもひしひし伝わるのである。

それどころか半ば神がかり的念力で以て、労せず人心を操る術に長けているとすれば、先々、より賢く活用できる場――政治家？　いや、手始めに市長就任あたりを目指す可能性は考えられる。そのための「革命」画策であろう事も――。

如何にも指導者然として同じ姿勢のまま、絶えず室内全体へ視線を送っていた姿こそ象徴的であり、取材に来た自分達までが知らず知らず、仲間にされかかったかと思える程。

星から受けたカリスマ人格イメージは、彼がそこに立つだけで地下事務所内を、独特の緊張や集団意志で彩る性格のもの、と納得できた。あそこで十数名詰めていた団員――銘々割り振られた役割に頗《すこぶ》る従順そうな部下達も当初、懇談を通じリーダーの存在感を知る内、何かしら目覚ましい啓蒙的気概が芽生えたのかも知れない。

星自身は大まかで、面倒臭がり屋タイプ。普段、自ら団員にあれこれ語りかけ、志気を盛り上げる芸当等あまり無いものの、相談を受ければ即座に動き、解決・アドバイスする。また、一人一人の任務達成データは、しっかり把握していると言う。

心理的な距離感で以て「偉さ」を保てるのだろう。

5

一回目――巴団取材を終えた月刊クリヤ記者二人は、日入市駅近くまで戻り、アーケード商店街や遊園地といった市内の目ぼしい都心空間を、あちらこちら足任せにぶらついてみた。

実地見聞も兼ね――というより、ひどく気疲れした後の息抜き半分。途中、洒落た店が見つかれば、そこで「コーヒー休憩」となる。

最重要課題に華々しく歩み出せたとは、とても思えない。「怖々《こわごわ》分け入った」あたりが、隆夫にとっての実感である。

案の定、星林団長から一言もコメントを引き出せなかった反面、初めて顔合わせた現場で、その無表情ながら爛々《らんらん》たる目つきに、何ともりりしい個性をはっきり認めた。

平穏な社会生活と相容れず、明らかに危険な香りが滲むもの――それだけで一つ、収穫に値する。今後、こいつから絶対目を離せない、と――。


午後遅く、活動拠点のホテル「福鶴」へ帰った記者二人。

隆夫は冷静に振り返る程、星の、粘っこく気難しい外見像が、中々頭から離れない。

それは、最初予想された「お尋ね者」的な胡散《うさん》臭さと少々異なり、妙に明晰で、自信たっぷりの風格すら伴う。無論、再訪したいとまで思わないが、取り巻き達に、度量有る人物として頼られている関係は、十分頷ける。

隆夫はそこから、星個人よりも、改めて巴団組織への関心を掻き立てられる――今回の仕事はやはり、何か珍し過ぎる鉱脈が埋もれていそうである。

逸《はや》る神経を抑えるため、翌日以降の予定表を引っ張り出し、しきりと検討する。最初の壁、いや「入口」を通過でき、遅ればせながら企画全般への使命感が高まったのだった。

但し、どう打ち出すべきか、的確な道筋がすぐ見えて来る訳でなく、当面、前以て定まった項目通りこなすのみの手探り行動となるだろう。

今回与えられた課題では、元々どれが最重点か分からない程、盛り沢山有り、すべて等しく扱ったらとうてい追いつかない。それを承知の上、ごく無難なレポートに仕上げる手もあろうが、だとすれば全国区大衆マスコミが、一ヶ月近くもかけて探り尽くす理由は一体？　――いつしか自問自答させられる。

目標をきっちり捉え切れず、ぼやけがちなのは、テーマ自体、あまり大っぴらにできない断面が覗くからに他ならない。その点は隆夫も出発前よりひと通り聞かされ、心得て来た。

只、それでも調べ対象が多方面に亘るため、少人数なら、一本「柱」を決めてからでなければアブハチ取らずになりかねない。

結局、最終判断は第一線にかかっている。事の性格上、立ち入った細部まで一々指示を仰げるものでなく、上司も、どこから始め、どこへ至れば良いか、まだ煮詰まっていなかったかも知れない。

たまたま特ダネが沢山得られそうな浅い見込みだけで、気鋭の若い部下を日入市へ送り込んだ節《ふし》さえ有る。

これからは文字通り、もう己次第なんだと覚らされる隆夫――或る種、孤高の境涯。裏を返せば「会社の顔」としてここへ滞在し、振る舞える筈である。職業人誰しも同じだが、肩代わりしてくれる便利屋なぞいない――そんな状況下に置かれた因果だけは、昨日以降、一貫した流れを感じる。

先ず、当地の第一印象として記憶された大変物憂い停滞感――到着時刻や気候の関係も手伝い、これからいよいよ臨もうとする社会問題の難儀さを、はからずも町風景から宣告された心地なのだ。

また、己がそこへ訪れた行為により、何か歴史上の節目となる点が見え、一本の線につながったやも知れない。……結果、昨夜、浅い眠りから、通常考えも寄らない「天地創造の夢想」へと引き込まれた。

直後、自ら選んだ行動すべて、至って無茶苦茶だったものの、ああいう自信過剰こそ今後、様々な過程で促進剤となってくれそうに感じられ出している。取り敢えず形ばかり成功させた巴団取材は、言わば「みそぎ」――通過儀礼に当たるものだ。

その効用かどうか、今晩、彼の精神面も殆ど乱れ無く、不思議と仕事感覚を取り戻している。遊びたい欲情なぞ影をひそめてしまい、相談に事寄せ絵美の別室を覗こうとまでは、もう望まない。

ようやく〝戦闘態勢〟に移れたらしい。

寝転がり、仰向けのまま、無意に感性を泳がせつつ、じっくり考え辿る。

色々飛び交い、縺《もつ》れかかっていた疑問に少しずつ輪郭を帯び、おぼろげながら、事の全体像が見え出す雲行きなのである。

――即ち、当地へ着いてから味わった「憂うつ天国」とでも表現できるあの沈み切った風情は、反動として昨深夜、己を超誇大視する意識に目覚めさせる力の源でもあったようだ。我が半生を振り返れど一切例を知らない特異さ……。

そして今朝、直《じか》に対面した〝革命活動家〟が、今度は昨夜の己自身と二重写しに合体しかけている。

全く別予約の客室へ、柄にもなく押しかけ、同僚女性と一夜ベッドを共にした気負いも、一目で傲慢《ごうまん》・冷徹さを焼き付ける星林氏の人格イメージも、なぜか同じ舞台背景――「日入市内」に根ざすようなからくりが、釣り合う線で読め出した。この、限り無く滞った陰うつ性から、背徳《はいとく》を誇りとする心理が、比較的容易く育ち得るのではないか？　と――。

隆夫にとって、あの「天地創造」幻想は、星の内面を疑似体験するに等しい機会であったかも知れない。星からすれば、革命こそ、真新しいスタイルの救いを、世間へもたらす特効薬なのだろう。

それにしても「背徳への誇り」が気にかかる。もし、そちらばかり優先するようなら、幾ら情《なさけ》深い公約であれ、空々しい表看板と化しかねない。

一体、正体はどれか？

突き詰めた場合、やはり後者が、より真実味を帯びて来る。

そもそも取材開始に当たり星の性格付けは、かつて繁栄を極めた廃都に巣くうコウモリ、といった類だったものが、現地入りするなりここまで、ひどく様変わりしがち。

旅行気分もそろそろ醒《さ》める頃だろう。特有な風土に、あまり惑わされない方がいい——手持ち資料が乏しい中、隆夫は、もう一度あらゆる角度から、星や巴団を見直す方針に切り替えようとしていた——。

6

先日、巴団事務所取材時、組織の副官級でもある武井正道は、世間で根強い「星一派の反社会色」を払拭《ふっしょく》すべく弁明に努めていた。

曰く——自分達は現在、全世界で急がれる「国際化」の一実験モデルとして当地を選んだ。地元一円の経済競争力が、なるだけ早く回復する事により、失業を一掃したい——。

そのためには、海外からも資本投下を呼び込む計画らしい。政府に太いパイプが有り、お役人の二人や三人、いつでも黙らせられる。土台、彼等も利権頼みなのだ——と、この時ばかりは含み笑いし、不敵な横顔を覗かせたが、得意げな割に、具体例が語られずじまい。避けて通った？

そこで焙《あぶ》り出されるもう一つの側面は、星一派が決して独立運営でなく、背後から大企業の長期援助を受けているという通説。それも、全国を一営業圏にする流通卸売業界の雄＝K商事だと言う。

まだ裏付けを取れていないが、星本人が実は、K商事社長の息子であり、元々将来の身分を保証された如き特権待遇についても、以前より漏れ伝わる話らしい。

もし確かだとすれば、星の「革命」は、K商事がお膳立てした企業戦略かも知れない。目的は、「日入市を買い叩く」一環であろう。

そうした観点から過去へ遡《さかのぼ》ると、前触れはかなり著しい。そもそも日入市を、現在見るような沈滞へ追い込んだ黒幕が、K商事なのだ。

かつて、銅地金が国の代表的輸出品目に上る程、大量生産された時代が長らく続き、埋蔵量多い日入銅鉱山を巡る様々な会社・工場群で、当地に企業城下町を形成していたのはE金属鉱業だった。

ところが、政府の市場政策に伴う輸入への転換が、環境を一変させた。海外から買える安い銅製品を前に、やがてあらゆる方面で需要を奪われ始め、収支も立ち行かない。当然、操業すればする程、赤字が溜まる構造となり、累積債務で押し潰されるように十六年前、倒産してしまった。

鉱山閉鎖が市政及び市民にもたらした影響は物心両面共、計り知れない規模だったが、この原因と言える新たな貿易政策を全国的大企業、K商事が、進んで後押ししていた。

輸出であれ輸入であれ、貿易拡大は、商社の販路を強化する。天秤《てんびん》に掛《か》け、より利益が勝るなら、たとえ国内産業が一つや二つ存亡の危機に至ろうがお構い無し。分野によっては、或る意味で海外ライバル企業を助けている面さえ有る。

それというのも近年、「国際化」を促す掛け声の下、巨大企業は段々多国籍――いや無国籍化し、「本家本元」も曖昧となりつつある。

国境を越えた法人格――経営者自身、居ながらに、例えば海外移転工場で雇う現地人従業員に対し、日々厳しく社内教育する。

あたかも、法律や社会常識とは異なる秩序で以て君臨する「新しい小国家」が出来上がった体裁だ。

そこには、一種無神経な驕《おご》りも伴う。「掟破り」で罷《まか》り通る意識だろう。それぞれ各国政府により保護され、頼り切るまともな「国民」が、愚かしく見えるかも知れない。

しかし、そう、いい気になる事が許されるものなのか。

世界中で販路を巡らす巨大企業にとって、とにかく「需要通り応えるスムーズな供給がすべて」とは言え、純粋無国籍の「国際領域」なぞ元々有り得ない。必ず、どこか特定文化、あるいは民族性と分かち難く結びついている。

まるで神様に為《な》り変わり、国際的次元のみから物事を論じる巨大企業経営者達の言説には、むしろ取引相手国政府との、不透明な馴れ合い、まやかし臭さが窺えるものだ。

結局、「国際人」を身を以て示せるのは、古来、遊牧民や「放浪の民」と呼ばれた類の社会集団が、世界中のあらゆる文化圏へ散らばった分派のネットワークから、再び統一へ向かわせようとする場合ではなかろうか。

そんな条件を有した人々にこそ理解し易い発想なのである。

ともあれ、〝国際派〟企業にすれば、国同士横たわる政治的食い違いすら逆用し——即ち、自分達のみの領域では垣根を持たない旨味をたっぷり得られる事だろう。

一方、政治側も、中々友好を結べないでいる他国との関係を動かしたければ、企業間の物流が持つ融通性を認めない訳に行かない。経済援助・制裁には、前以て幾つも「通り道」が開かれている条件を要する。

革命活動家＝星林と浅からぬ協力関係が取り沙汰されているK商事は、所謂《いわゆる》「多国籍企業」であり、恐らく、支店や関連子会社が無数に配置された各国の政情まで考慮し、操りながら成長して来たに違いない。

革命は、紛れもなく政治変動を意味する。星が大衆へ向け、打ち出そうとしているそれも、大量失業という、〝行政失策〟を訴える意思表示に他ならない。

実現のため、自ら率いる政治組織が世間から広く不満を吸い上げるよう努め、支持層も固まりつつある。

但し、その先となると、具体性が物を言う甚《はなは》だ泥臭い世界であり、「絵に描いた餅《もち》」でごまかす訳に行かない。

先ずは、この腰折れした旧工業地帯へ巨大企業、即ちK商事経由の投資を呼び込み、雇用創出するシナリオが浮かび上がった。K商事が創業以来初めて、ここへ足場を架けば事実上、新たな「企業城下町」の誕生となる。


辿ってみればE金属鉱業倒産の遠因は、K商事の長期戦略であり、銅輸入枠全面拡大等、従来より政治を巻き込んだ攻勢に出ていた。

そして今、星林の行政摘発に隠れ、乗っかる形で本格的なK商事進出が企てられ――政治と経済の織り成す狭間に、「魔物」の暗躍が認められるのだ。

魔物とは、星林の政治センスなのか、それともK商事の飽くなき営業利益追求？

いや正解は、その両者を宙から操る未知なる魔性と考えるべきであろう。


こうした要素が十中八九、実在する。それ故、人類は恐ろしい。見た目は有名な模範的企業だったりしても、「魔手」が一旦爪を剥《む》き出せば、分野を問わない。何も催眠術や、薬物乱用による幻覚、あるいは性風俗にばかり猛威を奮う訳でない。それら民俗文化色が、古い時代スタイルと化したかのよう。

「現代的魔物」は、政治や経済に堂々と罠張り巡らせて獲物を仕留め、摂食する。

本来、生活維持手段でしかなかった経済活動を、むしろはっきり宗教的側面から捉え直し、教祖が命ずるまま儀式手順で万事執《と》り行なうような本格派も、居ておかしくない。

いずれにせよ、星林とK商事を結ぶ線上に宿る〝魔性〟は、決して「弱肉強食の企業論理」といった決まり文句で片付けられない微妙な因縁を秘めている。

――K商事の経営は何より「国際化」が、基本理念である。中身問わず「物流＝儲けの糧」となる総合商社ならではの特質だ。

日入市の、E金属鉱山閉鎖に伴う大失業状態を救うべく、星林がぶち上げた「革命」の波紋。ここへK商事が全面援助――となれば同社は、相手こそ異なるものの再び政治を利用し、商圏を広げる魂胆かも知れない。

星は星で、〝革命成功〟、即ち失業者達が続々再就職でき、中間層はじめ民心を己一人に引きつけた後、巧く選挙に名乗り出るなら、市長当選も夢でない。こちらは経済を利用し、政治目的が達成される形。

両者共、ここから先へ「第二幕」プログラムが用意されている模様だ。

星は、日入市再建に当たり、一国の長並みの強い権限が必要と望むらしい。恐らく将来、鉱山復活も見通した上か。元々、一企業の繁栄に寄りかかって来た自治体行政である以上、基幹産業を、もし支配できたら、星の発言力は絶大なものとなる。多数派市会議員や国会議員がこぞって味方し、反対勢力も無きに等しい。

それまで、彼がしっかり整えたいもう一手が、然《さ》る有力情報によれば「通貨」だという。一歩先んじて実現へ向けた準備も進め、昨今、そちらへ重点が移った向きも有るようだ。星が日常、興味を示す対象は、株式市況や為替相場まで含まれるが、実際、個人でどれだけ売買に関わっているか、余所《よそ》目に分かり得ない。

過去、大儲けした、との話は聞かれない。

真の目的は何か、十分理解されず、まだこれから、巨額買い占めのチャンスを窺うような構えが、絶えずちらつく。そこから星自身、かなりの資産家という憶測もついて回る具合なのである。

只、彼が慎重に金融市場等を読み、調べる姿勢は、手馴れた投機筋よりも、「好事家」と呼べるもの。相場任せの株売買のみならず様々なデータを検討し、もっと手堅い収穫につながる条件作りが狙いだろう。

それさえ見極められれば、なるだけ早く自前システムを立ち上げる作業に取りかかろうと――。

現在、星が特別入れ込む案件とは、地元通貨である。

日入市では、一定地区内の居住圏のみでやり取りできる通貨「ヒイ」が、庶民間に大変人気を呼び、数年来根づいている。丁度、鉱山閉鎖に因《ちな》んだ不況の深刻化で、真面目な打開策が論じられ出した頃、何となく現れた。

その便利さから、みるみる知れ渡り、新聞ダネとなった程。

役所関係も、地方分権や経済自立に役立つ面を認め、「後押し」まで行かずとも、その発展を望む声は案外強い。

何しろ、税源となる地場産業が半ば壊滅状態であり、毎年度の予算すら正常に組めない。そろそろ、内側から赤字体質を抜け出すため、藁《わら》にも縋《すが》りたいところだ。


官民抱える構造的弱みが、より新しい試みを輝かせる事になる。

無論、地域通貨のみ広まれば解決できる程単純な話でないが、庶民自ら助け合い、経済上の安全を守り始めた営みとして、評価されている。

加えて、関係者の参加意欲が高い。「我が町のお金」という意識も有ろう。

――それは、例えば老人介護に一定時間以上携わったら、相手から支払われる「一ヒイ」

紙幣により、後日、自分自身も、相応なサービスを一定時間受けられる、といったしくみ。給付内容も、ひと通り項目が定めてある。言わば「生活サービス回数券」である。隣近所含め、取り分け昼間人口の多くを占める老人市民間で、心の交流等に仲立ち的な役割を期待される。

大体、そうした無形の援助に対し支払われる対価の性格が強い。

星の目論見は、何とこれを有形化？　してしまう――正真正銘、「お金」へと格上げするつもりなのである。

結果、サービス関連に止《とど》まらず、食料・雑貨等の必需品は勿論、燃料までも「ヒイ」にて購入可能となるだろう。

行く行く市内の物流過程に紛れ込ませた後、仕上げが待つ。それは国際商取引――基軸為替レートに左右されず、小規模な輸出入の支払い決済ができる格好になれば、ちょっとした「共同通貨」である。

彼は、その実益にふさわしい手触りも施すため、ヒイの硬貨鋳造を目論んでいる、と言われる。

材料は、選ぶまでもなく「銅」中心だ。

遥か昔より、日入市経済の命でもあり続けた銅鉱業。実際上、現在もそれは変わらない。十六年前、採掘が停止されたものの、調査自体、未だ続いている。

市政施行以来、鉱山の経営権を握り続けたE金属鉱業の倒産・解体後、新しく発足した第二会社により運営が成り立つ。表向き、化学製造・研究を主とする特殊業務だが、長く放置すれば利用し辛くなる坑道の、一部延命措置も兼ねているようだ。

そこにK商事が大株主となり、深く関わっている事は先ず明らか。

実質、そのK商事のスポークスマン、とも言うべき働きを担うのが星グループ＝巴団だった訳だが、彼の意向が直接鉱山へ向けられた場合、デモンストレーション色を伴い出す。印刷粗く安っぽいクーポン券紛いの「ヒイ」を、遠からず銅貨に変え、再流通させるつもり。単位は一・五・五十・百・五百の、現行硬貨に準じる予定だ。

これが全市内で出回り、単なるサービス行為の交換でなく、一般市民の買い物にもどんどん使われ出すと、いずれ、「ヒイを常時持たねば生活できない」事態が起こるかも知れない。

まさしく、偽金が真の通貨を駆逐する構図である。

その段階から、星の野望が、隠れた爪を覗かせる。「日入市の正式通貨」並みに扱われ出したヒイは、国内のみならず近隣諸外国との物資流通でもそこそこ信頼され得る筈。

勿論、世に公表されたりしない。それらは一部同業者のみに知られる習慣のような形で、根づいて行くだろう。即ちヤミ経済の潤滑油となり、密輸等で効果を発揮する恐れが強い。

　星が海外に、そうした互恵ルートを持つのか？　ザッと調べた範囲内ながら、公認されざる商売に手を染めている経歴は疑いない。弱冠二十歳前より始めており、大学を三年目で中退したのは、その裏活動が発覚したため、とも言われる。

　以後、彼は気心の知れた仲間を束ね、会社設立に至ったが、当初の流通業者型から次第次第逸脱し、地元市会議員と深くつながる等、政治分野への進出も積極的だった。
　それは、まだ同業者と競える経営体力を持てない関係も有るが、星個人の性向自体、単にボロ儲けしたい金銭欲と少し異なっていた。

　色々噂に上っては消えるものの、星がＫ商事社長の実子である可能性は、ほぼ確実。しかも妻でない女性との間に出来たとされる有力説。これまで公式に、一切触れられない点からすれば或る程度頷ける。
　Ｋ商事幹部は、これがスキャンダル化するのを怖れ、星の母子家庭に対し、養育からあらゆる生活面まで応援して来たようで、それ故か、母親も表立って示す振る舞いを控えている。

息子は、一見貧乏な中、望めば何でも買って貰え、我がままが通る環境で育った。

身なりや日常の贅沢にこだわり無く、ごく平凡な子供と思われたが、意外や成人すると彼は、貯まりがちな小遣い銭を惜し気も無く浪費し始めた。儲け事趣味である――。

己が将来共、豪邸住まいの出世街道に縁が無い身の上、と本能で悟ったのか？　それでいて〝毛並み〟からも、彼には何か仰々しい野望を抱く素地は十分有った。

「俺は、きっと大物なんだ」との気負いが、外見上地味な分、余計強まったのだろう。

子育てする上も、他所の家庭と比べ日陰者の負い目を意識する母親に対し、息子は「我慢してやっている」心理が、傲岸不遜に醸成されて行った。

大会社社長の「隠れた妻子」に当たる星親子。

親を選べなかった彼とすれば、父母のみならず世間全般に対し「貸し」を承知する一方で、いつかきっちり返して貰いたい――そう思い込む内、己にとって相当不利らしい世の中を一度、根こそぎ引っ繰り返す目標へと、将来設計が固まったようだ。

目指すところは、救い難い不景気に事寄せた、既成政治・行政への制裁＝「革命」である。

彼は、あくまで正義感から訴えようとしており、大衆支持を得るため、〝お墨付き〟も欲しがる。

現代、世に何かと持ち出される殺し文句が「国際化」。革命を成功させるには、政治的に優位な海外先進国の応援も大変効果的だ。

あわよくば名立たる工作機関と共謀も辞さない構えらしい。流通大手企業に近しいごく小組織ならではの手早さを生かし、国内情報を売る事で根回しに臨もうと、あれこれ考え巡らす……。

星が、我が身を以てスキャンダルを潜在させているK商事に対し、もし経営面で幾らか口出しできるなら、目標達成への頼もしい補強を得られる。

片やK商事は、そんな星のあざとい動きを丸ごと抱き込み、自社の販路拡大に媒介者役を演じさせる事が可能。

企業論理に狭い意味での「国境」は無く、政治的縦割りなぞ日常、障害と考える向きが強い。「金の流れる川」さえ有れば世界中どこへでも出かけ、利益に結びつけたいものだ。只、それが、例えば事業誘致された国の内情によっては「治外法権的」と映り、摩擦をもたらしかねない。永住的でない条件は、やはり警戒される。

本国の政府機関が諜報活動に利用するケースも古今東西多いだろう。

現地人からすれば「外国」は、その政界・財界どちらも表裏一体として見える。自国内でお互い、何かと牽制《けんせい》し合う両者が、いざ異郷の社会では、血を分けた深い根っこの絆を現し、いつしか協力へと向かい易い。

ここへ第三の役柄を加えたら、どう展開するか？　——それが星林だ。

彼こそ「先天的国際人」かも知れない。多国籍企業経営者の遺伝でもあるのか、外国アレルギーが殆どゼロ。他方、自国愛は極めて乏しい。

歪《いび》つな生い立ちから実父や、その有する会社にも全然敬意を持てず、むしろとことん利用できる〝鴨〟とみなす。要は、己個人の欲得のみ叶《かな》えたいエゴイズム一本槍で立ち回ろうとしている。

7

現在、日入市内の特定地区で盛んに使われ出している地域通貨「ヒイ」を、もっと市街全体へ広げ、行く行くは日入市民としての身分証明も兼ねさせたい、と考える活動家達が福祉法人「街角再生協議会」（通称「ヒイ協議会」）を発足させてから、七年目に入る。

鉱山閉鎖に伴う、〝銅の町不況〟がひどくなる中、たとえ特産資源無しでも、住む人々同士が支え合う、との信念に基づき、新時代の旗手を誇りつつ運営にいそしんでいる。一私企業に甘え過ぎた経済観念を乗り越え、何とか立ち直らねばならない――。

全国的にも注目され出しているシステムだが、日入市内にてこれらの主な普及範囲は、高齢者率の高い通称「栄地区」一円だ。

そもそも、独り暮らし老人に対する介助サービスの代償として使われ始めたらしい。

いつ頃からか、奇特な民間福祉団体が地区内を定期巡回するようになり、各世帯の暮らし向きや病気の具合を相当詳しく観察、容態次第では病院に掛け合ったり、また防犯のため修理業者を呼んだり――と、色々世話して来た。

最初、拒まれがちだったものの、懲《こ》りずに続ける内、気易く動いてくれる彼等を前に、受け手側の反応も変わった。

只、すっかり頼り切る人もいれば、やはり幾分気が咎《とが》め、チップ代わりにお札《さつ》を握らせる人もいる。そうなると何のための奉仕か分からない。救済目的なのが、寄られる度、却って重荷となり、心理的な垣根が出来てしまう。

「無償ボランティア」と双方承知しながら、中々正しく理解されにくい矛盾――。そこへ持ち込まれたのは、受け手側が毎度支払い、後味快く事を終えられる「現金でないお金」＝ヒイ紙券だった。

対象家庭に、予《あらかじ》め各々百枚のヒイ紙券の束が配られ、そこから回数券の要領で使えるしくみ。

「受け」しかままならない重病・障害の人達なら、それこそ特別扱いが基本である。

例えば、足の大変不自由な老婦人が週一度、決まったヒイ協議会会員に常時支えられながら通院し、帰宅した場合、彼女は別れ際いつも、お礼の後、ヒイ紙券三枚に署名か押印し、手渡す。

家屋・病院内含め数時間お付き合いした会員も、逆に相手から三ヒイ分、受給権利が得られた事になる。

尤も、後日、彼女が、目に見える形で恩返しサービスを求められたりしない。そのヒイ券は大概、飲食場へ向かう。

発行元である「ヒイ協議会」が事務所入居する栄地区公民館の一階ホールでは、毎日昼過ぎ、大型薬缶《やかん》に煮込み式ミルク紅茶が用意される。

「チャイ」と称し、一ヒイならカップ三杯量とお菓子付き——。これが意外と受け、午後三時頃は常連含め、近所から会員がポツポツ集まり出し、広さ二十畳程の開放的な室内も何となく賑わう。

舶来高級茶葉でもないが、その方面に凝った女性係員の沸かし方が巧いらしく、独特な甘苦い香りが立ち込めると、また繰り返し入りたくさせられる。勿論、ヒイ協議会会員専用、という制限付き。現金では飲めない。

あくまで気配りや手間に対する「お礼《れい》」が、ヒイ紙券使用の建前。食料品提供等、品物を扱う際も、そこへ注がれる真心こそ価値、とみなされる。

こうして団体は、人情をわきまえ、全く無償なら遠慮や甘えが生じる場面で形ばかりお返しして貰いつつ、訪問活動を続けて来た。

高齢市民達多くも、体調良い日は、なるべく地区自治会行事に参加してヒイ報酬を得たり――青空市場等、季節色の濃い催しでヒイを生かそうとする試みは、当初より見られた。受給ばかりでなく「自ら施す」喜びに、生活の弾みを感じられる？

同じ境遇をいつくしむ連帯感は強まり、概してスムーズに営める。

行政に依存し切る従来型と比べ、与える側と受ける側の上下関係があまり顔を出さない所為だろう。彼等の社会的役割とは、もはや再就職に非《あら》ず、文字通り「生き延びる」事だけで十分――そんな開き直りに至り、初めて、少々無駄な労苦も惜しまない潔《いさぎよ》さが導き出される。

これら地域通貨を巡る沿革は、地元新聞社が紙面たっぷり報じた甲斐有り、全市民に知られている。周辺地区から、参加を希望する声も上がったし、役所が意外と好意的。たとえ微力でもその継続に、限り無く疲弊し切った不況感が覆《くつがえ》るきっかけを見出せないか、本気で探る姿勢は窺える。

町が活気づけば、只それだけで、国や他都市との信頼関係が幾らか持ち直す筈。また、従来は絶対だった「鉱山」と異なる方向の、新たな産業作りに向け、資本を呼び込めるかも知れない――。以前なら考えられない話だが、時代が「高福祉」へと傾き始めている流れも見逃せない。

専ら高齢者向けの色合いだった通貨「ヒイ」。しかし現在、都心部に数ヶ所点在する野宿者の生活拠点が、最も盛んな実践の場となりつつある。

中でも、栄地区公民館から数百メートル南下した旧住宅街で、小空地内に大型テント群を構える同地区内の「泉自治会」は重要な役割を担っている。

地域通貨活用のモデルケースとみなされ、ごく最近、全国紙大手新聞社がここへ訪れた事も有る。

十数年来、計十三名の野宿者集団を日々取り仕切って来た代表「是端《ぜたん》」氏なる八十歳近いリーダーが、愛想良くインタビューに応じる。彼には、マスコミの応援も自ら求め、ヒイを「貧者のための自由経済」として世に機能させたい気概が、頓《とみ》に強まっている印象だ。

是端氏自身は二年前から、小空地のすぐ裏筋――空き家同然となった粗末な木造家屋で仮住まいしている。

家主の老未亡人と、長年顔見知り。彼女は息子夫婦に世話して貰うため、遠方へ引っ越し、月一回位しか戻って来ないが、是端氏が留守番代わりの居住を申し出、事実上認められた。


彼も今や、ここら近隣でちょっとした有名人扱い。一対一で出会う機会こそ少ないものの、主婦同士交わす立ち話や、井戸端会議的な席にて、大抵一度や二度はその名が出るらしい。それも夫婦喧嘩の仲裁を望む等、幾分冗談めいた軽口が多いとの事で、大方、親しみ易く思われている。


従来、是端氏は空缶回収により、業者から貰える涙ばかりの手間賃をコツコツ貯《た》めたが、とうてい生活要求に見合う額でない。

そんな中、老人家庭同士や介護係員へのサービス向けとして重視され出している専用通貨を新聞で知り、「目から鱗《うろこ》」の感を覚えた。

早速、ヒイ協議会事務所へ出向き、利用現場における情報集めをしてから、寝ても覚めても「ヒイ」で頭一杯だったと言う。

　彼の直感は、中々良い線を捉えていた。これを機に、二年余りトラブル分断状態だった「栄地区住民自治会」と、しっかり縒《よ》りを戻せたのである。

　泉自治会会員十三名から順次動員し、一定期間、「手作りバザール」はじめ地区の催しで専ら裏方部分のみ支える役を為《な》し遂げ、参加者からも好評だったお礼に、一人当たり二十ヒイずつ手渡された。

　紙券の裏面には、取り扱えるサービスが何種類が記されているが、六十ヒイ程有れば約一ヶ月に亘り、食事支給を受けられる。

　実際上、ヒイは〝食料本位制〟であり、「一ヒイ＝腹八分目弱の一食」が目安。ヒイ協議会登録会員達も日常、皆、十分な紙券枚数を確保しておくため、缶詰、穀物、根菜類等の保存食や、まだ新しい余り物衣類を持ち寄り、それらはきっちり検査の上、衛生的な倉庫で蓄えられる。

　時には、作り過ぎた夕食を炊き出しよろしく、丸ごと差し入れる近所の主婦もいる。栄地区公民館一階ホールは、昼前から夜更け近くまで開いており、たまたまそこへ空《すき》っ腹を抱えた一会員が居合わせれば、温かく栄養満点な家庭の味に有りつけるわけだ。

ヒイ紙券を必ず介する事で、与える者・求める者共、気兼ねやわだかまり抜きに繰り返し出入りできる。

そうした動きが段々、地区住民同士の交流となり、「我が町」意識が育つきっかけを秘めているに違いない。


野宿者の生活水準が、最も深刻な社会問題――とも言い切れない。老人世帯が多い一般住民では、経済生活こそ一応満ち足りても、肉体機能や情緒面に絶望感を抱かされる機会が絶えず有り、やはり助けを求めている。

もし、どうしても人手を借りたくなった場合、会員は申込書に住所・氏名・用件及び、一定基準による支払い額を書き込み、公民館玄関備え付けのポストへ投函する。

それらの内容は随時、一階ホール内の地図掲示板に、伝票貼りされる。早い者勝ちで、用事を引き受けた心有る別会員が伝票を外し、申込者宅へ向かう段取り。

また全会員宛、月一回、新聞折り込みでヒイ協議会発行の情報紙「こんなこと毎日」が配布される――。


自ら関わり、このしくみが気に入った是端氏は、仲間の泉自治会会員達にも、できる限りヒイ協議会活動を盛り上げるよう勧めた。

労働年齢の者ばかり体力を持て余して来た失業者集団にとって、今こそ世間のお役に立てるチャンス、と確信できた。元々余裕有り過ぎる時間を、普段、中流サラリーマンが見向きもしない家事手伝い紛いの仕事にたっぷり充てられるし、報酬で衣食住が最低限賄《まかな》えるなら一石二鳥に違いない。

是端氏は自分達を、一種の会社組織として登記したい位の気持ちだった。

域内では、超高齢化世帯をほぼ毎日訪れ、家人の健在を確かめるため一声《ひと》かけたり、郵便受けあたりに新聞が長日溜まっていないか見て回る用務も始まっている。

「老人は、生き延びる事が職業」との認識で、お互い力を合わせる喜びだ。

異世代や生活格差による心の垣根を取り払えば、施す側からも、「いずれ私が、もしああなったら」という不安等、自ずと除かれるだろう。それは彼等自身が社会とつながるこの上無い教材であり、日入市内、特に居住地一円を「第二の故郷」として愛情深く見つめ直すきっかけになり得る。

泉自治会会員、計十三名――その誇れる特徴は、見事に統率が取れたさわやかムードである。かなりまちまちな年齢構成に拘らず、チームワークを保っている。

世話好きな中年女性会員三名の活躍、そして、いつも最後は是端氏が責任を負ってくれる安心に包まれて暮らせる点が大きい。

皆の生活態度に日頃から、是端氏があれこれ注意喚起する訳でないが、口癖ともなった訓示は、

「我々の財産は何より、皆仲良く、親切な事。これを忘れたら他所との区別がつかなくなり、すぐお株を奪われる」――。

彼自身、教養・能力レベルがたとえ十分でないにせよ、常々「私が中心」と自覚の上、しっかり居続ける存在感により、個々人の動きも、まるで彼の手足の如く機能する具合となる。

そこを信頼の源にして、「泉自治会」と聞けば「近隣福祉活動」のイメージが、住民間で段々根付きつつある次第なのだ。

またヒイ紙券活用の相互交流を通じ、かつて困難を極めた食料確保にも道が開けた。

会社等の公認組織でないとは言え、町民達から喜ばれ、期待され出した自信は日々、営みに張り合いを保つバネとなっている。

ともかくここまで泉自治会を、名実共、ほぼ軌道に乗せた是端氏も少々欲張り、近年「奉仕先レパートリー」を、老人家庭から若年層へと広げた。

試しは、或る中規模保育園を当たり、やはり専ら単純労務の条件で掛け合う――子供達と生《なま》で触れ合う免許職が、日頃気になりつつ中々手の回らない清掃はじめ、施設管理を補うよう強調――幸い、殆ど誤解無く受け入れられた。

先方から見れば、県道を挟んだ南方ごく近い栄地区エリアで、高齢世帯中心の地道な「声かけ訪問」し続ける活動――一時、新聞社会面等に載った是端氏の名を知る幹部職員もおり、ボランティア的サービス精神を買われたに違いない。

おまけに、彼等を雇う関係から保育園自体、然るべき出資の上、地域通貨へ会員登録する運びとなった。施設名――「どんぐり保育園」。

是端氏の信条は、失業野宿者が「町から、どう救って貰えるか」でなく、「町内の困っている世帯を、どう救えるか」――。同じ位、社会的歪みに晒《さら》され、逆境を耐え抜いた自分達こそ、よりきめ細かいサービスを提供できる、との気構えがセールスポイントであろう。

即ち、お役所福祉施策に有りがちな恩着せがましさや均一主義が見られず、じっくり取り組んでくれる〝違い〟に気づき、受け手側もすぐ安心できる筈――。

日常、使える時間は有り余り、仕事を「義務」どころか、慢性的な退屈から逃れられる

恵みのように感じ取る向きも強い。泉自治会メンバーのそんな「やる気」に信頼性が加わり、是端氏は、

「他人に何かしてあげられるひと時こそ、我々の心は富み、潤う」

と、自信たっぷり。

地区内どこを歩いても絶対悪く目立たぬよう、全員に対し、清潔な身なりや礼儀正しい言葉遣いの点検――取り分け老人家庭のお手伝い等、謙虚に「させて貰う」姿勢を促す。

一方、働いた出来映えに善し悪しや順位をつけたりせず、なるべく各人の良心に委《ゆだ》ねる形だ。メンバー多くも過去、会社勤めした経験が有り、一般市民と人間関係を育てる上で、各人なりの術が備わっている。

8

今や、成長著しい泉自治会の新たな活動拠点となって来た「どんぐり保育園」。

終日、こちらへ三人ずつ常駐し、交替勤務に携わる会員達の指導役として、現在単身生活中の大塚清なる自立メンバーがおり、是端氏も彼を頼り切っている。

清は、再生紙類の製造工場へアルバイト社員として勤め、普段は一日中忙しいものの、

毎週二、三回、行きがけか帰りがけ自転車を飛ばし、登場する。

知り合い達にせっかく与えられた仕事を、面倒がらずにこなせているか？　正職員の保育士から御意見メモを貰ったり――と、点検に余念が無い。

時たま休暇日等、数時間、園内で留《とど》まり、現場の仕上がりを直接調べ、助言する。

そうした行動から彼は、派遣された泉自治会会員に対し相当睨みが利く先輩上司、あるいは会長＝是端氏の片腕として、園の関係者にも一目置かれている模様だ。

実際、十二年前の出会い以来、清は是端氏に心底共鳴し、皆とテントで共同生活しながら、秘書さながらにあやかり従う時代も長かった。

――お人好しな性格に加え、移り気で何事も長続きせず、二十代初め頃家出した彼。食うや食わずの放浪後、路上でうずくまっている所をたまたま見つけ、介抱してくれたのが是端氏だった。

清は当時、もしかしたら、遥か古い伝説としてしか理解できない「御仏《みほとけ》」の実在を教えられたのかも知れない。テント生活も馴れると、身心共見違える程回復し、まさしく生まれ変わりに等しい体験だった。

内面へ受けた影響が計り知れず、いつしか是端氏のすぐ後ろから毎日ついて回り、野外で、儲け少ない下働きを喜んで励む等、イエスマンに徹した。恩返しも兼ね、長老に尽くす内、己自身、社会人であり続ける事が決して難しくなくなる――。それは、ようやく体で覚えた分、様々な人々と接する際の度量となって生かされたに違いない。

一見チャランポラン、むしろ三枚目的な優しい目鼻立ちに、しっかり角張った顎《あご》――という不釣り合いな風貌こそ、彼らしさを表しており、反面、良きリーダーの下、方向さえ示されれば結構粘り強く、義理堅い人物なのである。

現在、独自の生活力が有り、個性も発揮できる好調下、もはや単なる使い走り役だけでは物足りないところだろうが、かつての大恩人に報いたい意思をあくまで抱き続ける清。離れ暮らして尚、気持ちは〝秘書〟のままいる。

月一回位、直接会う程度ながら、依然、是端氏の信頼も厚い。

清が毎週水曜や金曜の、大体午後六時過ぎ、自転車でどんぐり保育園へ立ち寄るのを待っていたように出迎える一青年がいた。彼は天木五郎という常勤保育士。

同年代時分、非社会派で各地を彷徨《さまよ》い、遊び三昧にしか喜びを見出せなかった清と比べ、天木は物腰も遥かに小市民的。只、単純で感激屋の一面が、どこか似ているらしい。それだけ思い込みも強い性格だろう。

清に関する〝大物〟の評判は多分に、正職員である天木がよく慕う関係から、園内で誰彼無く印象付けられたものと考えられる。

かつて二十代半ば、清が、飢えから救われた縁で是端氏を全面信頼し出したと同様、現在二十六歳の天木も、何やら経験豊かな福祉活動家の貫禄を漂わせる清と結びつき、社交性にあやかりたい様子。

全従業員が園長の指示以下、働き易く考えられた最少二人ペアのシステム。天木の場合、三歳若い中村真弓という女性保育士と組み、「遊戯」や情操分野で園児指導する。

確かに、清の立ち居振る舞いや言動は、昔と比べ落ち着きが備わり、保護者達ですら園経営者と勘違いさせられる程だが、見る人が見たら「芝居がかったワンパターン」と取られかねない。

彼本人も少し持ち上げられたら自信を増し、ことさら専門家顔で喋る傾向も出て来た。毎週、ほぼ規則正しく姿を見せる誠意や、天木保育士との親密さも手伝い、園内では「希少な男手」並みに扱われ始めており、何かと関心を誘う。

保育園職員の業務は、幼児を持つ共働き家庭の日常生活をモデルとして多岐に亘るが、最も要《かなめ》は預り幼児達の心身管理だ。立場上弱い保護者としても、園へ通い出した途端、病気になったり素行が荒れ出されては、安心して我が子を託せない。

かなわぬ理想と知りつつも、「実の親による育児」と比べ遜色無いサービス提供が、公《おおやけ》に事業者を名乗れる条件。

最初から入園料目当ての経営姿勢ではロクな成果が得られない。定員枠拡大や効率性よりも、やはりここは先ず、子供達に対する担当者各人の愛情、そして親達と相互に支え合う気持ちが噛み合ってこそ、本来望ましい役割を果たせる、と言えよう。

そうした点含め、清は、仲間の勤務態度に失業者心理から、投げやりさや手抜きが見られないか、重々チェックしている。

まだまだ社会進出の初期。信用を落とせば即、己へはね返る思いも強い。

皆、不況のせち辛さが身に染みており、清の指導熱で以て一層やり甲斐を保てる調子だ。

彼等のチームワークが園児や預け親等に与える印象も馬鹿にならない。利用者から見れば、もはや正規か日雇い身分か？　など区別つかず、勢い清が園全体の風紀面を受け持つかに、早合点されかねない具合となっている。

清自身、多少はったりでも影響力を示したいだろう。何せ、働けば働いた分、きっちり元を取れる——現在、泉自治会からの派遣者全員、勤務時間に応じ、地域通貨ヒイで給料が支払われる。

9

月刊クリヤ記者、津田隆夫と横井絵美は、予定通り二件目の「現地取材」に移っていた。
訪問先は、日入市駅前から見て真東方面へ二キロメートル余り――丁度、先日入った古井戸地区とのほぼ中間あたりに位置する「栄地区」。

街道沿いにかなり早く開けた下町だが、当地方らしくどんより鈍い停滞感が漂う風情は、前回と殆ど同じ。

そこにて、定まった自宅を持たない人々のみ共同生活する一画が有る、との情報を元に赴《おもむ》いた。

所謂「難民」よろしく屯《たむろ》する場でなく、秩序立った生活スタイルを守り、迷惑がられるどころか近隣住民とも、極めて交流が多い、とされる。

「泉自治会」――老朽木造家屋が数多く建て込む田舎臭い旧住宅街にて、約二軒分、空地状態となった広場。その中央部分は常時、豊かな清水が湧き出し、素朴ながら貯水・排水設備を整えてある。内縁を常緑樹の植込みに囲われた空間に東西二張ずつ、大型テントがしっかり据えられ、計十二人居住する。

う働き盛り。
男性八人・女性四人――六十代の女性メンバー一人を除き、全員三十代から四十代とい
大概、ここ数年以内に失業し、あるいは離婚後実家とも全然上手く行かない等、辛いき
っかけから結局、野宿生活を余儀無くされた人々である。
市街地内で、まだ二ヶ所、一見似通った〝野宿者村〟も存在するが、取り分けこちらが
目立つのは、ずっと以前、市在住の沢井丸子なる物好きな女性作家に、小説の題材として
描かれ、ベストセラーで偶然、全国的に知られた事が大きい。
尤も当時、実態は他所と比べ大差無きささやかなテント集落であり、忘れられるのも早
かった。

この度、月刊クリヤ記者が、直接調べる対象に泉自治会を選んだ理由は、長びく不況下
で社会活性化へ向け色々取り組み、試みられる、政治結社や大企業関連とはまた別の、地
元住民間に注目すべき動きが見られた例としてである。
それは、壮年野宿者メンバーによる老人介助訪問はじめ、活動ぶりを報じるためだが、
むしろその、手際良く人手を回せる運営方法がテーマなのだった。
彼等は決してボランティア奉仕でなく有料。即ち、現金代わりに地域通貨ヒイを支払わ

れる。ここに鍵が有り――と睨んでもおかしくない。

ごく軽いお手伝いや介助サービスを受けた後、毎度わざわざ現金を払うのは惜しいお年寄りも、薄っぺらい商品券そっくりなヒイ紙券なら、貯め持つ分だけ有効に、さっさと使い切りたい気持ちは多々有るだろう。

地域通貨が如何程、運営をやり易くするものか、実証できる統計数字も過去、出されていない。

只、この所、泉自治会周辺でまたぞろ新しい話題が発生している噂が加わり、転石社としては知らぬ顔はできず、星林率いる巴団と併せる形で、こちらにも当たる方針を固めた次第である。

――市内旧街区の、比較的程近い二拠点が、ほぼ同時代的展開――鉱山閉鎖に始まる大不況を背景とするなら、両者は案外、望まずして連動し合うライバルなのかも知れない――そうした解釈から泉自治会へも、付け足しでなく、はっきり「本命扱い」の取材予定だ。

中でも、初期の活動記録をモチーフにほのぼの綴った沢井丸子著『泉日記』なる小説中、指導者役のモデルとなった是端老人は、まだ健在が伝えられるため、早い内、ぜひ会っておく必要が高まった。

今日《こんにち》まで組織が着々発展する陰で、彼の人柄――哲学的とも言える生活思想が一本、柱となり続けて来た経緯は注目に値する。

『泉日記』に地域通貨の話は出て来ないが、今や是端氏が栄地区全域にて、一種偶像視された〝名物老人〟である評判とのつながりも、地元トピックスとして面白い。


「馴れ」とは、こんなものか？　……。

一件目＝巴団事務所から打って変わり、なぜかリラックスでき、軽い解放感すら覚えつつ、栄地区の泉自治会を訪ねた記者二人。

予想に違《たが》わず開けっ広げで、入り易い場内だった。

「小公園」と考えて良く、お祭り最中の実行委員・来賓席を連想させる。

そこは、おっとりひなびた旧市街のど真ん中であり、車一台やっと擦れ違える狭い東西道路の、南沿いに位置する。

日中、車両はおろか人通りも大変少ない。結構出入り有るその小広場のみが、頗《すこぶ》る賑やか気に思われ、隣近所から暇多い住民がしばしば立ち寄り、長話するような光景も見られる。
昔は何か起こる度、怖がられる傾向も無くはなかったらしいが、現在、周辺一帯にすっかり溶け込み、地区を明るく仕向ける灯《ともしび》となっているのかも知れない。

両脇二台ずつ並ぶ頑丈な大型テントが、いずれも開け放たれ、内部に人影も見えるが、主な居住者は、湧水場を囲む中央部へ出ている。
五、六人、椅子に座り、思い思い喋ったりする一方、両手が皆、何か共通の作業で絶えず動いている。テントは、毎晩寝たり、雨露を凌ぐため機能さえすれば十分なところか。テント住民全員揃う状態の方が少なく、日中、皆それぞれ生活財を得る行動にあれこれ時間が必要――お互い頼り過ぎず、風通し良く付き合っている過ごし方は、すんなり窺える。

是端氏も、当日不在。行き先を、一人に尋ねたところ、不確かながら「どんぐり保育園」の名が挙がった――。

栄地区から、北西方向へ十数分歩いた頃、緩やかな上り坂が始まる。駅方面へのバス路線がつながる県道を挟み北方面は、低い台地上に割合新しい住宅街が開け、「田所地区」と呼ばれる。

域内どこに居ても、ちょっと振り向けば気づく北側の小高い丘――迫《せ》り上がる稜線も奇観で、毎日見守られているような暖かみが、路上そこかしこに漂い、伝わって来る肌合いだ。

駅周辺と比べ、いずれもずっと裕福らしい庭付き個人住宅は間隔ゆったり離れて立ち並ぶ。

そんな〝山の手〟の南口に当たる三叉路から、少し北東へ入り込んだ街路沿いで、どんぐり保育園は営業している。

裏手のグラウンドも含めれば相当広いものの、庭木生い茂る大型家屋群に取り巻かれ、いつもひっそり、谷間のような空間に佇《たたず》む慎しやかな施設である。

ここでも雑誌記者は、お目当ての是端氏と出会えなかった。

事務員によれば今日は、まだ顔を見ておらず、普段しょっちゅう来る訳でないらしい。

代わりに、気心知れた大塚清という男性が、毎週ほぼ決まった曜日、夕刻頃現れ、昼夜交替で数人ずつ詰める泉自治会会員のまとめ役になっている——。

来訪者達から会話を聞き挟んだか、廊下で通りがかりの一青年が気さくに声をかけて来た。

「御見学ですか？　少々お待ち下さい、案内いたしますから」

やや黄色っぽい体操服姿。両腕に、縄跳び用具がぶら下がっている。先程まで全身運動で汗を流し、後片付け途中だったような……。

記者も「渡りに舟」とばかり早速、彼を頼る事にした。

胸名札に「天木」と書かれたその青年は、体つきこそ中背・きゃしゃだが、大変身軽な仕種が際立つ。

形良くつり上がる長い眉、目尻膨らみ、瞳《ひとみ》や頬《ほお》の輝きが生気いっぱい。センター分けのラフな髪型も、しっとり野性的だ。

頭の回転が速いのだろう。右往左往しがちな隆夫達を、急ぎ足で施設内あちこち連れ歩き、各所で用途等、解説も加え十五分足らずの内、あっと言う間に大方回り終えた。恐らくここでの勤務を、何より誇りにする熱の籠った、しかし一方的紹介でなく、お互い楽しくひと時を味わえる演出が感じられる。

仕上げは、瀟洒《しょうしゃ》な応接室。在室中の園長に何か一言二言告げ、天木青年が廊下へ退出すると、心なしか元の時間が戻ったかに静かな空気となった。

彼にとり、その来客案内も、少し寄り道した位の軽い気配りだっただろう。おかげで、老婦人の園長から何を聞き取るべきか、隆夫達は案内中に、大体、順序の見積もりが組めたようだ。

園長も天木担当を随分お気に入りらしく、端々に褒《ほ》め言葉が交った。

何せ子供が大好き、少々面倒な場面でも、あくまで世話の手順に細かい几帳面な性格、との事。

皆を遊ばせる時等、終了まで一切、グラウンドから注意が離れない。園児毎、個性を探り、適度な英才教育色も独自に取り混ぜながら触れ合う——園児からは「お兄《にい》ちゃん」と慕われ、もう一人「お姉《ねえ》ちゃん」と呼ばれる年下の中村真弓保育士が二人ペアで、息も合い、今や園生活の貴重な守《も》り立て役となりつつあるらしい。

園長は語る。

「彼の働きぶりに、とても感謝しています。

我々職員すべて、園で、子供達に与えるばかりでなく、実は子供達に多くのものを貰っている。だから今日《こんにち》まで、楽しく続けて来れたんだと、なぜかこの頃、つくづく教えられる気がするんです」

彼女の長い半生を通じ、ようやく実感され出した結論でもあろう。

確かに、優れた養育環境を保つため、設備投資を怠ってはならないが、経営者として一番頭が痛いのが人材。

親子に安心して貰える信頼感情。また、それを日々守り育てる志気こそ有り難く、中々作れるものでない。単なる教養や技術以上の「本物」を、園長は天木担当にしっかり見出しているのだ。

記者にとり、今回最も知りたい泉自治会関連にも話が及び、概《おおむ》ね好意的と察せられるコメントだった。

――自治会会員は、毎朝八時の交替を挟み、昼夜在所している。管理員室での寝泊まりが、当直係さながら。

息抜き散歩も兼ね時々、園周辺を見回ったりするが、日中、主に清掃業務や庭木・グラウンドの手入れに専念する。

地域通貨ヒイで報酬を受ける彼等も、試行当初は全くボランティア。元々家を持たない身のため、数日に一度、施設内を間借りさせて貰える意識が強かったのだろう。既に四年近く無事に続いており、双方共、相手への過大な期待を慎んだ故か、人間関係は良好と言う。

野宿者らしからぬ垢抜けた身だしなみや清潔さ・礼儀正しさは、まさしく是端老人が指導した賜物である。

尤《もっと》も、職員室で初め聞いた通り、通常、泉自治会からの用務員を束ねる役割は大塚清なる人物に一任され、彼が仕事帰りや休暇日、足繁く園内を覗き、手抜き作業は無いか点検している。

その絡みで、大塚氏が非公式ながら、さも本施設運営にまで一顧問の如く見られ、出入りはフリーパス。派遣された自治会会員すべてから、あらゆる責任を引き受ける身元保証人、と言ったところか。

「是端氏代理」的側面が濃い？　――隆夫は、全体日程を僅かばかり延ばし、大塚氏にも、インタビューで一度は当たらずには済ませられない意欲を催しかけていた。

10

是端氏と会えぬまま、本格取材六日目を迎え、正直なところ、「かかり出し」部分が一段落してしまった月刊クリヤ記者達。

只、ここで納得――いや満足する訳に行かない。

隆夫は早速、次の「現地調査」に移る。――何とか終日雨が降らずに済みそうな天候から判断し、一人で鉱山跡地を歩いてみる事にした。

一方、絵美も、日入市全般の経済状況が正しく把握できるよう、地元商工会議所や役所関係を回る。

主な取材先へ向け、前以て本社より再三頼み込み、承諾は得られている。予約時間さえ外さなければ、後、顔を出すだけで良かった。

調べたい内容は、今や全国的となりつつある地方都市不況への取り組み方。

各自治体共、苦慮させられるようだが、その因果関係が著しい当地にて、行政や市会が如何程、問題改善に動いているか、マスコミの目で確かめる意味合いで企画された。

そうした表向き理由に加え、もう一つ隠れたテーマ――革命的煽動を目論《もくろ》む「巴団」の動きが最近極めて怪しい情勢、またそれが不況の進み具合と、どう比例して来たか、裏付けも取らねばならず、二人の記者は、複雑な対外任務を課せられている事になる。

ともかくしばらくの間、下手に世間を騒がせてはならない。

同業他社がまだ、全くと言える位関心薄い中、有名月刊誌クリヤが動きを見せたのは、全国的流通卸売大手K商事との間で少々モメがちであり、記事に対するクレームは増大、近い将来、告訴を仄めかされる等、全面対立の様相を帯びて来た点が挙《あ》げられる。際どい不正疑惑の暗部に、偶然軽く触れてしまった一報道がきっかけだろう。

以後、ギクシャクし始めたのは確かだ。先ず、広告掲載を全部打ち切られた。

総じて心安い大衆マスコミ界相手でも、粗《あら》探しに熱心な「敵」とみなされれば、手の平返し、ことごとく遠ざける方へ過剰警戒させて止《や》まない。

片や雑誌社側では、置かれた力関係を割合冷静に受け止め、あくまで真相追及の構え。極秘の内、企業犯罪そのものを新たな誌上テーマと決めたようである。できるだけ暴き上げ、購読者に強くアピール、「禍《わざわい》を転じて福となす」方針か？

その際、比較的新しい構図として日入銅鉱山閉鎖、及びその後K商事グループ企業が、土地事業所をあちこち安く買い取り、一方、市内の不況感はいよいよ進んでいる事自体、かなりセンセーショナルな不気味さだ。

但し、一番狙い目は「スキャンダル解明」なのである。難攻不落に近いK商事で、そこが唯一弱みとなり得るからに他ならない。

「時代を先取りする評論」で鳴らすスクープ型雑誌らしい、おあつらえ向きな条件が整って来た訳だ。

我が月刊クリヤのために有るような本件を見逃す手はない――転石社幹部達も本腰を入れ、早速、男女二人の若手精鋭記者を日入市へ送り込んでいた――。

隆夫が、旧鉱山跡地を一人訪れ、先ず知ったのは予想以上に設備の扱いがひどい点だった。鉱滓《さい》を持ち上げかける途中、停止したような大型クレーンが赤黒く錆び固まり、今にも地面へ崩れ落ちそう。

事務所や工場等、大半の建物は閉山後、手入れも解体もされず荒れるに任せた感じで、十六年もの長い空白を諸《もろ》に晒《さら》す。

あたり一面――丘の中腹から頂上にかけて、また平地側でも――草木一本生えない赤土面が広く剥《む》き出し、ほんのり赤紫がかった鉱滓色を帯びる。

精錬所排出の有毒ガスや液体が、絶えず染み込み続けた環境を窺わせる。

彼は、今朝までと同じ日入市内である事なぞ忘れる程、広い斜面内で、人工及び自然産物が無理やり溶け固まった特異な風景に、言葉無く只々圧倒され、あちこち歩き回るのみであった。

一旦、乗用車で最寄りの人里へ戻り、昼食後、二時頃から再び〝丘〟へ上がる。日入市駅前からだと直線距離でも、南東へ十五キロメートル以上有る。今度はなるべく、午前中に通り過ごした方面を選んで、立ち寄るよう心掛けた。

荒涼無比な工場設備群とやや異なり、緑濃い山麓の一画へつき当たる。地図上、そこも旧鉱山区域内であるため、降車し、土地利用がどうなっているか、確かめるため足を運んだ。

午前中は、初めてここ日入市へ到着した約一週間前以来の、典型的な曇り。空低く、厚い雲が被さり、今にもザーッと俄《にわか》雨が来そうでいながら、相変わらず降らない――結局、何もかも乾いたまま、という有様だった。

只、丁度昼食休憩中の正午過ぎから、ごく短時間降ったらしく、恐らくそれを境に変容し始め、再び同所を訪れる頃は晴れ間も覗くようになっていた。

不自然な〝晴れ曇り〟。時折眩しく午後の陽を受ける北方面は、「澄んだ青空」の代わりに縦一面、逆巻く雲ばかり層を成して照り映え、却って重苦しい巨大壁状がそびえる具合だが……。


或るなだらかな山道の、中腹あたりまで上り着いた隆夫、全身硬直させるや咄嗟《とっさ》に、脇の斜面へ飛び込む。丈高い野草生い茂り、丁度良い隠れ場だ。相当遠方ながらはっきり、自動車エンジン音を聞き取ったから。

〈ここに今、私以外に、人が居る――〉

なぜかとてもショックだが、感情押し殺し、事態と向き合う。


午前中歩いた広大極まる精錬所跡一帯から、ずっと北へ外れ、丘と丘の間だが、ごく普通に山林斜面を仰げる平坦位置。谷川の東沿いをくねくね延びる石ころだらけな土道で、頂上側から、軽快なライトバンが一台下りて来て停車。

間も無く、車中から男ばかり次々現れるや早速、五人程固まり一方向へと歩く。

皆、盛んにお喋りする。中でも頭一つ抜けた長身、黒っぽい軽装、髭《ひげ》面の男――。

〈星林だ〉

と、草陰から一目で覚る隆夫。それ程相手の姿形が、風景に馴染まぬ目立ち方だった。蒸し暑い昼下がり、こんな辺地で、一体何の用事だろうか？

もう一つ、度肝を抜かれそうだったのは、一団内にあの「どんぐり保育園」訪問の際、中を要領良く案内してくれた印象的青年――確か、保育士「天木さん」――が交っている事である。

これは、ちょっと信じられない。別人の線も強い筈――。しかし、上下服装に明らかな見覚えが有る以上、本人としか見定められないのだ。

携えた双眼鏡を向け、詳しく観察する内、星自身も時々、みっともなく大口開けて笑うのが分かる。〝業務中〟にしては、どこかくだけた感触に包まれている。

巴団事務所で、隆夫達を見下ろす時、脅すような仏頂面だった男が……奇妙な雰囲気だ。別段、笑い顔や声を云々、でなく、星も笑う事が有る――そのものに不自然さを感じた。

あれこれ事前情報も踏まえた隆夫の認識によれば、星林は終始、冷たい無表情を保ち、寡黙でなければならず、たとえ仲間内で親分肌とみなされても軽々しく返答したり、調子を合わせたりしない性分なのだった。

目の前の星は、身振りさえ普段とかなり異なる。立ち止まった道端から、比較的緑深い東斜面を指差し、取り巻く男達と頷き合う等、何事か相談している風である。それがまた随分、羽振り良さそうな所作——これでは二重人格としか思えない。

あの星をして饒舌《じょうぜつ》・上機嫌にさせる何か魅惑的素材が、森の中に隠されてでもいるのか？　そうした観点で隆夫に即、閃くものが有った。記者勘と響き合う未知なる発信を、今こそ思い切りたぐり寄せたい——。

ここからも垣間見える星のニヤニヤ崩れた顔つきは、どうやら、「収穫」を前に興奮で満ち溢れる様子。

貪《どん》欲の臭《にお》いが立ち込めている。あの斜面内部には、何かドえらい宝物が隠され、その使い道について最終的な打ち合わせが為《な》されたのではなかろうか。

彼なら、さしずめ南国産の高価な密輸物資とか？　——いや、世に知られざる良質鉱脈が埋もれているケースだって考えられなくはない。

そう言えば鉱山本体が十六年前、あたふた閉鎖されてしまった原因は、銅に代表される主要鉱石を掘り尽くしたからでなく、あくまで銅製品の価格下落だった。殆ど売れなくなった訳であり、「採れなくなった」話は聞かない。

国家資源として有益な地層が、まだまだ生きている可能性は高い。古来、名高い日入鉱山の管理をすべて担って当地へ根づき、一大地方産業界を成したE金属鉱業の倒産劇も、長い目で見ると、隠れた仕掛人――K商事による企業資産乗っ取りの色合いがかなり濃い感じである。

国際戦略上の意図から、いつか同鉱山を再び稼動させる必要さえ生じ得るのだろうか。

無論、過去採掘の中心となった地区では、それこそ良質鉱が枯渇しかけているため、先々のもっと新たな事業展開を想定し、これまで未踏だった周辺丘陵部へも、鉱床探しで広く地質調査を繰り返しているようだ。

はっきりした姿勢こそ示されない中、その手の準備活動に向け、いつ始まるか、地元では何かと関心が高い。また、業界誌情報を総合すれば最近、新鉱脈が実際発見された、と読めそうな見方もできる。

只、そこらは専門家を頼らねば白黒つけられない分野であり、表面的数字のみから、事の行方を占えるものでない。

まだ推理の範囲内であるが、今日ここで星林の、思わぬ野外活動と遭遇するにつけ、やはり鉱山絡みの動きが本物、と認めざるを得ない。

K商事の〝先兵〟を演じて国際企業戦略にあざとく乗っかり、今度は政治的動機から業界の力関係を操り、鉱山もろとも日入市支配を目論む計画も間違い無かろう。

一方、星が自ら気づかず覗かせた横顔は、近年巷でささやかれ出した疚《やま》しい陰謀イメージと、凡そ異なる。背徳の匂いを漂わせるものの、油断も隙も有る人間的な「生身」なのだった。

若い連中から畏れられつつ、慕われる半面も併せ持つらしいそんな人物像を、見た通りそっくり受け入れる時、彼によって成り立つ巴団の結束とは、如何様であろうか――即座に測り切れない煩わしさを、隆夫は感じる。

「偽善家」として、一部マスコミ報道により悪役ぶりが定着してしまった星自身、まだ、法に触れる裁判沙汰を引き起こした形跡が無く、反面、世に讃えられる社会業績は、やはり一つも挙げていない。善と偽善の境目を綱渡りし、騒がれながらちゃっかり儲け続ける公算が強い。「海外謀略提携説」に至っては、官憲もさっぱり裏を取れないまま時間ばかり過ぎ、軒並み曖昧レベル……。

噂が噂を呼び一人歩きしている、と言うのが当地取材で、取り敢えず抱かされた感想だった。

いずれにせよ、過激な革命志向を掲げる政治組織「巴団」は実在しており、それが単純に善悪で選《よ》り分けられない分、却って堂々と、恐るべき犯行へ向け直走《ひた》らないとも限らない。少なくとも星本人の立ち居振る舞いから、性格上著しく偏った「危険さ」は十分伝わって来るのだ。

星が将来実現しようと企《たくら》む目的の中身――それこそは、記者＝隆夫にとって今回ぜひとも正解を出したい一点である。あらゆる情報は犯罪性を強く訴えながら、よく確かめたら何が、どう極悪非道か？　また、どんな前科が有るか――絶対シッポを出していない。社会相手に敵味方を暈《ぼか》すミステリアスの役柄が、星ならではだろう。

舌鋒鋭く、清廉さと「革命煽動」の熱意を繰り返し振りかざせば、大衆心理頼みの巴団組織は当分、楽々維持できる筈。

「何か、とんでもない大事を起こすつもりらしい」パニック予感は、裏腹にその凄い力が、大不況から地方経済を救ってくれるに違いない期待感もついて回らせ、両者バランスと睨めっこで世渡りする――もしかしたら星個人は、能力的に何一つ優れた社会行動が取れず、脅しや甘言、情報操作だけで自己を祭り上げるつもりかも知れない。

素人っぽいこしらえ事が通用する内、売り出すべく図っているなら、余計悪質な野心家肌だ。俗世の立身出世なんか無価値、俺はもっと自由で大きな地位を手に入れたい、と高望み――。今回、隆夫に求められる「成果」は、その意味で相反する性質を併せ持つ。

一つは、星がどれだけ、過去自ら関わった犯罪を隠しているか？　もう一つは星がどれだけ、罪深き問題人物を演じ、即ち見かけ倒しのはったり屋であるか？

単に世を騒がせたいなら、善行より悪行が、ずっと手っ取り早い。善行の嘘がバレたら公《おおやけ》の場でこっぴどく叩かれた上、すぐ忘れられるが、悪行の嘘がバレても、むしろ〝罪〟の方を忘れられ易い。

ならば、犯罪予告のみの場合は……？

「革命」という大がかりな社会変動を煽り立てるにしても、先々もたらされる新しい利益等、肝心な部分での「空白」が、殊の外不気味がられる原因かも知れない。

例えば事件捜査なら証拠物件捜しに、聞き込みして回る行動が一応、手順通り進む所だが、星相手ではどこから網を張るか、ひと筋縄に行かない。下手すれば、こちらの手の内——国際陰謀と絡む取材目的までうっかり明かしてしまい、結局根こそぎ出し抜かれそうな「落とし穴」を案じ、敷居が高い。

事前に教え込まれた奇人像よりも、実物はもっとしたたかな難敵、と読み取った次第。

なぜなら、先程目撃した山中で、若い仲間達と呼吸ぴったりに冒険生活を謳歌している星の姿が、隆夫からもどこか頼もしく感じられ始めているのである。

確かに楽天的な笑顔は粋だし、みすぼらしい武装で、特権階級ばかり襲う大盗賊めいたヒロイズムすら備わって見える。星自身、金持ち坊ちゃんだから、この御時世に合わない演技——と分かり切っても、つい騙されそうになる。それだけ一般世相は平板で、面白味に欠け、不況も救い難いレベル、という事か。

いずれにせよ「現代の謎」を体現するカリスマ男に戦い挑む決意が、隆夫側で今、しっかり芽生えかけている。やっつけるよりも「正体を暴く」魔物として——。

11

さて、「巴団の革命」や「地域通貨」——と、日入市内で色々取り沙汰される新しい動きに、泉自治会の是端氏も比較的早い内から気づいていた。

普段、絶えず町中を小忠実《こまめ》に歩き、知らぬ者同士の情報交換が為《な》される機会も多いだろう。

野宿暮らしの失業者集団を取り仕切る彼としては、現生活が何とか市民社会から、丸ごと認知されたい。また、そのためにも今こそ、町内で役立ちたい気持ちを温めて来た。

近年、高齢者対策が一際《ひときわ》叫ばれ出した傾向をヒントとし、迷わず選んだ立ち寄り先が、老人家庭や「老人寮」等。

——まだまだカクシャクたる健康体でも、力仕事とか、無理し切れない面を考えたら日常、老人生活は、やはり不安だらけだろう。

一方、「こちらは人手も十分余っており、困った時、必ず呼び出して欲しい」と、泉自治会代表の顔で一声かけておいた。

やがて二度三度、個別の用事を頼まれ、走り回ったりする内、お互い忘れてはならない位馴染み深い「お得意さん」が幾つも出来、現在に至る。

社会人として、〝戦力外扱い〟を受けるような感慨、寒々しい将来観が自ずと、近くに同類を求め、思い遣《や》る方向へ促すと考えられる。

今、是端氏の狙いは、老人問題に垣間見える「隠れた疎外」と正面から取り組む事であり、その点、やはり一般世間から都合上切り捨てられてしまった自分達の階層こそ、良き担い手たり得る、と信じて疑わない。

そこに、やり甲斐や、或る種「伝統」が育って行く相乗性をも見込んでいる。

立派な市民権を持ちながら、常々どこか引け目を抱かされて来たお年寄り達にとって、泉自治会会員達の、哀れみでなく仲間意識のみで接するコミュニケーションが有り難い筈。

貴重な理解者に報いる誠意は度々寄せられ、野宿生活が、より安定するよう、余り食品や衣料を提供してくれるルートもほぼ出来上がった。

双方の協力を保つ上で、地域通貨が果たす役割は最重要。単なる助け合いに止《とど》まらず、下層者が底辺から、言わば「準中流」へと立ち直るきっかけすらもたらしつつあるようだ。使命感だけでは中々やり始められない訪問サービス、お義理半分の「生活支援」も、第三者が発行する紙券を介し、貸し借りの釣り合いがはっきり見えれば、こだわり抜きに継続し易くなる。

泉自治会会員・高齢住民共々、「ヒイ」のおかげで、張り合い有る〝現役時代〟を幾らか取り戻せた、と言っていい。

このように、八十歳近くなった是端氏は己自身も含め、「老人生活の理想郷」が、都市で花咲く事を密かな目標として模索しつつある。

基本は「若い世代に迷惑をかけず、かつ思い通り暮らせる楽しい日常」――だった。

かねてより、働き盛りであぶれた人々を励まし、社会復帰できるまで困らぬよう面倒見て来た彼ながら、此《こ》の節《せつ》、目を向ける先が世代環境に絞られ気味。

経済的取り組みだと、老いた一個人の技量は、どうしても限度が有る。もっと、心そのものから救い、応えられる場が、身の丈にふさわしく思え出したのだろう。彼に言わせれば、裕福であろうとなかろうと年取ったら皆、同じ辛い立場であり、むしろ最低水準スレスレで何とか暮らす自身等、地位・体面を保つ苦労が無い分、すっきり気楽なのだ。

しかも仲間皆、心から守ってくれる――。


この問題に関し、階層を超えた連帯を呼びかけるべき、と、新たなモデル探しへ向かっている。

取り分け、彼が内心期待する「老人寮」は、ここ数年、市内でも民間業者主体の試みが数軒営まれる。

――身寄り無い独り暮らし老人から十名近く希望者を募り、事実上の世帯合併し、疑似家族となり、固く結ばれ暮らせるよう世話をするもの。人数も、減ったらすぐ再募集し、定員を保つ。

「心元気なお年寄り求む」

が、キャッチフレーズ。

彼等にとって「将来」とは、極言すれば死に他ならない。その日、看取る人々が、元々縁薄くても、同じ条件下で信じ合えた仲同士なら、きっと悲しさは和らげられるし、遥か昔この世へ生まれ落ちた偶然性とも通じる。

どうせ世界中、誰一人避けて通れない区切りだから、恐怖よりも当人自身、夢を持てるに越した事は無い――。

そんな発想に立つ昨今、是端氏の心内では、活動方針がいよいよ煮詰まる。手がける分野も失業者の飢えを防ぐ方策から、「生活水準」のみで片付けられない高齢者問題まで幅広く見据え、前向き姿勢。

そこへ至り初めて、彼らしい社会像が浮かび上がった訳であり、それは言わば、星林の騒乱志向と一線を画した「革命」であるかも知れない。

彼の場合、世の在り方はいつも、助け合いを基本に置いて考える。

――老人助けの義務を、ことさら若者に課すべきでない。先ず、老人同士ががっちり支え合い、安定し、むしろ不運や未熟さ故深く悩み過ぎる一部若者へ向け、老人側から安らぎを提供――そうなれば若者の方でも、老人を正直労《いたわ》りたい意識が少しずつ育つに違いない――。

是端氏は今、暇で健康な老人こそ、老人問題解決へ向け責任を背負う、との思いが大変強い。

さしあたり、試験的居住が五年以上根づいた或る老人寮に注目し、自分達野宿者団体からも、共同生活の知恵や経験を提供し生かして貰うため、一度話し合いたい気持ちが募っている。

尤もこれまでのところ、従来通り、単身の老人家庭を中心に見回りするパターンで精一杯だ。

一方、全く異なる世代層を引き立てる役割にも希望を持ち、代表例が、どんぐり保育園への泉自治会会員派遣。

現場で正職員をお手伝いする関係上、「礼節第一」が必須モットーになり、今日《こんにち》まで順調を保っている。

「仕事は、させて貰うもの」との考えに立つ謙虚な奉仕精神は、片や正職員に、「子供を預かってやる」恩着せ心理への戒《いまし》め効果を働かせた事だろう。

報酬支払いが地域通貨のみである点も、勿論見逃せない。

〈この人物は何かを秘め持っている――我々含めた社会全体に亘り、今すぐにでも着手させたい『次代の設計図』だろうか――〉

インタビューしながら隆夫は、是端氏の、ほとばしる口調や生き生きと力強い眼差しから、直接胸に響く情念を受け止めた。

それは今回、上司より重要任務を授かり、日入市入りして以来抱かされた社会環境の違和感に関し、ようやく生身の人間から解説して貰う心地である。

——もしかしたら老人も、我々と似た心境で最初、上手く馴染めない中、この町へ住み
続け、とうとう主のようになった？　——是端氏の軽やかな人当たりに、そんな窺い知れ
ぬ凄みを併せて認める事ができるのだ——。
「十日目」にして何とか叶《かな》った単独会見。
隆夫も、このところ数日間と異なり、構えがほぐれ、言葉滑らかに次々、中身濃い質問
を述べた。
決して一本調子のインタビュー形式でない。——こうして社命を全《まっと》うするため、取材に
明け暮れる中、テーマ自体が段々、己の手に余る位重く感じられ、体調まで何やらそれら
しく変化し、中々心落ち着けて臨めない。これは、単なる思い込みに過ぎないだろうか
——。

一種悩み相談めいた発言も、自ずと混じり出す。
そういう個人的視点に触れれば触れる程、なぜか是端氏の表情は輝き、澄み渡る。頭髪
薄い小柄な好々爺が、全然「年輪」で自らを固めない。
痒《かゆ》い所まで手が届かずとも、同じ価値観を分かち合える相性と察し、恐らく唯一無二、
この稀有な出会いに賭けたのだろう。
やがて、興奮を抑え切れず、

「おお、我が愛《いと》しい子供達よ！」――。

立ち上がり様《ざま》、身振り大きく、芝居がかった台詞《せりふ》が発せられる。

そして、やや奥まった押入れから、黒っぽい陶器壺をいそいそ持ち運んで来た。

「これだ、これなんじゃ」と、早口で呟きながら。

小金を相当貯めているようだ。隆夫も興味深く覗き込んでみる。

しかし、是端氏が隆夫と絵美の前で壺から出した物は、縁《ふち》をきっちり機械裁断された紙券――掌《てのひら》大で、一般のお札より小さく、図柄も、ごく粗い三色刷り。

「あんた達なら紹介していい。必ず、今後に役立ててくれる」

と前置きし、是端氏は、百枚程帯封された束を一本ずつ、二人に握らせる。

ここ六年余り、日入市内の一部で日常使われ、定着しつつある地域通貨「ヒイ」の実物だった。

〈これだ……〉

初めて見る機会がいきなり訪れ、隆夫は微かな衝撃と、ときめきに思わず唸ってしまう。

また是端氏は、過去より当地区で続けて来た貧窮生活に、このヒイがどれだけ救いであったか、しみじみ語った。はからずも外界から、本物の同志を得られたかに忙《せわ》しい息遣い。

ヒイ通貨こそ、行政プランや選挙公約と比べ、生きた利益を庶民に約束し、協力が為《な》される上で「合い言葉」の役割を果たす、と言う是端氏。

定額の現金収入に守られたサラリーマン社会で、殆ど無価値な代物かも知れない。しかし、下層へ沈殿してしまった長期失業者にとり、爪に火を点《とも》すような危うい暮らしを、せめて毎日維持するため、これは欠かせない——そのひもじさが余計、ヒイを活躍させたく思い入れる原動力ともなっているならば……。

是端氏と交わる泉自治会のメンバー十二人にとってもヒイは、もはや唯一この上無き生活シンボル。利害面から会員間を優しく結びつけ、組織の血流と言える機能なのだろう。熱っぽい説明を聞きながら隆夫は、是端氏の生き方、問題へ向き合う姿勢に、星林とは対極的な意味合いで、欲張ったエネルギーすら嗅ぎ取れるのだった。

途中、「市内で失業を一掃する〝革命運動〟」のリーダー＝星林から直接聴き取った事に触れるや是端氏は、一瞬ハッと黙り、動揺を隠さなかった。

が、すぐごまかした後、体ごと前へ寄せ、耳打ちする仕種でささやく。

——奴とは今、競争している。あちらの革命が勝つか、こちらの革命が勝つか、だ。本当に市民社会を尊ぶ側——心有る人々なら誤らず選べる。わしも昔は、もっと正当に事を解決したかったが、こうなったら玉砕覚悟で打って出る。キナ臭い詐欺師がのし上がって来た以上、こちらも本気で火消しせねばならん。

早速だが、次、もし連中と会ったら、できるだけ指令系統を掴み、教えて貰いたい。但し、バレる程の無理は絶対禁物。ついでの際、上辺だけ掠《かす》め見える範囲でいい――。

その意気込み、ギラついた視線に、隆夫も「これは、只事でない」と、近い将来の騒乱さえ予感させられる気分だった。いつか以前、小説で読んだ「秩父困民党」の本陣へ舞い込んでいるような……。

是端氏にすれば、かなり与《くみ》し易い相手だけに初っ端から、地域通貨という「虎の子」を分け与えてしまった手前、もう味方意識を取り消せない。職業上、星とも接触有る立場なら、利用できる面は利用しようと、頭が切り替わった感じだ。

ここからも、彼が昨今、「戦う姿勢」に転じようとする傾向を読み取れる。傍目の俄《にわか》解釈だが、彼ならではだった穏健な社会復帰路線と、どうも異なる色が帯び始めているらしいのである。

あるいは進み行く高齢に、そろそろ限界点を予期し、焦りや、或る種開き直りまでが併せ噴き出す格好かも知れない。

　それから約一時間、是端氏は、地区内の高齢者宅を介助訪問でよく回る範囲や、仕事内容、またそれらサービス毎にどれ位報酬を受けるか等、質問事項をまるで先読みする如く、惜しまず語ってくれた。

　壁から吊り下がるカレンダー式日程表に、会員名がびっしり書き込まれ、出務の忙しさも分かる。


　曇った昼下がり、弱い外光が、板間の艶を浮き立たせる。

　是端氏が常住する、この随分古い一軒家は、或る一人暮らしの老女から借りている――というより、管理を請け負う形態。

　彼女が息子夫婦宅へ身を寄せがちなため、時たま帰って来る自宅が空家となり、荒れ果てる事を思えば都合良かったらしい。

　数年来、すぐ北隣の小広場より交替で、泉自治会会員が様子伺いに訪れ、取り分けリーダーの是端氏と気心知れていた関係が、決断させるきっかけだった。

　丁度勝手口から裏手へ五、六メートル先で先方とつながる身近さ。彼女にしてみれば、誰より信頼できる隣人が我が家を守ってくれる訳だが、彼個人への助け舟である事も間違い無い。

家屋を、より長持ちさせるための居住だから、是端氏は仲間を大勢上がらせたりせず、掃き・拭き掃除の手入れも日々欠かさない。

家主用の屋内家具類がすべて持ち出され、電気も止めてある。僅かに上下水道を使える程度。彼自身、相当な高齢だし、身を置くだけの場所、として他メンバーは容認しているようだ。


北山手方面の「どんぐり保育園」へ、毎日三人ずつ会員が出務する新しい事業も紹介されたが、こちらは自分より詳しい「大塚清」担当者がいるから――と、是端氏はその来援日程を教えてくれた。

大塚氏も元泉自治会会員ながら現在、テントから離れ、駅南付近の簡易宿泊所で寝泊まりしている、との事。一応、小規模工場の働き口が有るため、失業者仲間達を慮《おもんぱか》ったものだろう。


最後に得られた新情報は、このテント生活者集団を八年前、地元自治会に倣《なら》って組織化し、世間で認められるよう努めた功労者――沢井丸子女史の居所だった。

ここ一年余り会っておらず、活動状況が十分捉え切れないものの、最近、著書を読んで是端氏自身、何十歳か若返る程触発されたと言う。

第三者が係わるこうした機会を通じ、できれば〝現場復帰〟へ向けたメッセージをも届けたい口調だった。

隆夫の目には、是端氏の生き生きした暮らしぶりからしてもうこれ以上、誰かの助けを必要とはとうてい考えられないが、営みが順調だからこそ、やはりそこにも年齢的な不安が影を落としているに違いない点を、薄々納得させられる次第であった。

12

沢井女史宅も、今や日入市周辺で知る人ぞ知る作家？　――にしては何とも簡素な平屋建て。

「小屋」と呼んでもおかしくない体裁だった。

是端氏と異なり、一応持ち家であるらしい。赤茶色の艶が濃い瓦屋根と白壁は、すぐ傍らで多数並ぶゼラニウム鉢植えが満開の所為も有り、明暗コントラスト鮮やかに引き締まった見え方。

丁度、子供向け絵本に登場する動物キャラクターの「おウチ」を思い起こさせる。洒落た小粋な一軒家だ。

中古住宅を買い取り、側壁面等、塗り直したに違いない、と分かる跡も――。左右いずれも、結構間口広い一戸建て家屋ばかり並び、「ここだ」と指定されなければ危うく見落とすところである。

有って無きに等しい狭く細長い庭の片隅、一生懸命土いじり中の丸子が、すぐ見つかった。

玄関前から、道路脇の側溝へかけても相当濡れており、照り返しきつい日向《ひなた》面を涼しく思わせる。先程、じょうろで水撒《ま》きされたばかりだろう。

午前十一時前。

初めて会った沢井丸子女史は、今朝の珍しい快晴そのままに、くっきり描かれたような目鼻立ちだった。

やや色白で広い卵型の顔。微かに笑う口元が愛らしくも、一種妖しさすら帯び、戸惑わされる。巷なのに、どこか異世界の住人と接するような……。

あっさり緩くまとめた豊かな髪先が、肩でカールしている。作業中故か、厚手の、汚れ着的な白っぽい服装。

女性としては大柄だし、生気に溢れ、三十九歳の実年齢よりずっと若々しい。是端氏が語った「闘士タイプ」という人物評も一目で理解できる気がする。

彼から電話連絡でも入っていたのか、丸子は玄関前に、小振りで軽い木椅子を並べ、隆夫と絵美に、座るよう勧めた。

折り畳み式テーブルも出され、数分後、三人分の「淹《い》れ立てコーヒー」が載る。往来ど真ん中だが、現時間帯、車両も人も通行が皆無との事で、のどかなカフェテラス気分。

すべてスケジュールに沿った如く手際良い。挨拶後、二人と等間隔の中央に向かい合って座り、丸子はインタビューを待つ。


「最初に、現在、日入市が直面する経済危機を、どう分析されるか、お聞かせ願いたいのですが――」

途切れがちな籠《こも》り声で隆夫が切り出す。

「御覧のとおりよ。あなた方の方が、よく勉強されたんじゃないかしら。大体私は、ここを出たり入ったりだったでしょう」

と、先ずは少々はぐらかされつつ始まった。

「あなたが、失業者による助け合い組織―『泉自治会』の創始者でいらっしゃる事実は、先日、是端会長から伺い、よく存じ上げております」

「正しく言えば『名付け親』ね。元々、彼が長い期間、小忠実《こまめ》に指導して作り上げた仲間なのよ。私は『町の人達と上手く手を結べないか』ばかり考えたり、おせっかい焼いたのが逆に足を引っ張ったみたい――。

でも、二年程離れて他所から帰ったら、前よりもっと成長していたのが嬉しかったわ」

「地域通貨が決め手になったようですね」

「それそれ。

まだ使いこなせてないけど、とても便利らしいのよ。――あらっ、あなた持ってるの？そうか、是端さんから」

「彼は、これを手渡して下さる時、力強く『革命』への決意を述べられました」

「まさか、そんな場で……」

「何でも『巴団』という過激な政治集団が大変勢いをつけ出したようなので、対抗するためには人心に訴えるため、こちら側から革命を起こさなければならないそうです」

「昔は、無欲さや冷静さに惹かれたものだけど、あの人も随分変わったわね。

迷ってる――いや、敵の攪《かく》乱にはまっちゃったのかしら――。『革命』は社会不安そのものですよ。彼が望む路線と相容れない。それは、今でも決して変わらない筈」

「沢井さんこそ『革命理論の実践者』と、評価する声が聞かれますが」

取材メモに徹する絵美も、同じ女性としてか、脇で黙っていられず問いかける。

「それは、違うんです。――まあ、全くデタラメじゃないかも知れないわ。『革命評論家』程度のつもり。

野次馬扱いされたっていい。あなた達と殆ど同じで、何か大事《おおごと》に対し好奇心が湧くのよ」

「しかし、内心どこかで、やはり自ら先頭に立ち、世の中をすっきり改善したい、とか？……」

「皆、そうなっちゃうのかなぁ。

実は、こちらへ戻ってから是端さんとは、三度しか会ってないの。確かにあそこ、新しくなった――メンバーの規律もきっちり守られて。その代わり、かなり殺気立った感じ。一緒に入り浸ったら、また煽り立てられそうで、怖い。

勿論、彼等は毎日が闘いなんだから、よく理解できるし、ああする方が張り合い出るんでしょう」

「じゃあ、前はもっとのんびりしていたんでしょうか？」

「とても自由だったのよ。それぞれ思い通りの暮らし方で、自分自身を守りながら、お互い協力するよう心掛けていたわ。今みたいな一糸乱れぬ集団行動は……、ちょっと驚かされちゃう」

「これも、地域通貨の影響ですね」

再びメモ役に戻った絵美に代わって隆夫がそう言った。

「うん。そうとしか考えられない。私がいた時との違いは、先ずそこだし――。お金を前にすると人間、顔つきまで変わって来る。値打ちは下だけどたっぷり受け取れるヒイ紙幣に、是端さん、目が眩《くら》んじゃったんじゃないかしら」

「最近の『革命志向』も、そこから具体化した、と考えられませんか？」

「大切なポイントね。とにかく革命って奴は、お金を巡って発生する。上の階級が富を独占した、とか言って下の階級から仕掛ける訳。

豊かな国なら格差も小さいけれど、貧しい場合、どうしても下へひどい皺《しわ》寄せが来るもんね。生きるか死ぬかの瀬戸際まで飢えたら、暴れ出すのは自然現象だと思うわ。

上の人達は、競争で地位を得たから恵まれて当たり前、なんて思っちゃいけない。下の人達が担《かつ》ぐ神輿《みこし》に乗っているような関係なのよ。そのバランスを、絶えず確かめなきゃ」

「自然界と同様、弱肉強食社会では、環境に適応した強い者だけ生き残り、弱者は容赦無く切り捨てられる理論が、今や常識です」

「それはおかしいでしょう。例えば草原で、鹿や兎が滅んでしまったら、熊や狼はどうやって生き残れるの？　共食いするしか無い。

実際は、弱い動物の、増え過ぎた部分が食われてるの。逆に狼だって、弱り果てたら烏《からす》なんかの餌になり得る。自然界は、トーナメントを勝ち進んだ者だけで成り立つしくみじゃない。皆、普段求める獲物が別々なんだから」

「人間社会は、お金という共通の獲物を巡り、全員競争してますよね。合法的に他人の金を、より多く吸収できる者が『金持ち』、吸い取られた方が『貧乏人』と、分かれざるを得ない。

　しかし、その秩序バランスが崩れたら、地震みたいな逆転現象——最悪、革命まで行き着くのか……」

　隆夫は、丸子と対面している内、是端氏の時同様、より熱く真摯になる感覚を抑え切れない。どうも自分は、こちら側陣営に与する人間か——。仕事上、彼女からなるだけ個人的秘密を引き出す事のみ肝心、と割り切れず、もし頼まれたら専属記者でも引き受けそうな位、同調に努め出す。

　尤も、こうして体当たりで臨めば、背後関係云々に拘らず、収穫は有るだろう。

「目の付け所は悪くないわ。無謀な権力者が『身分のからくり』に構わず、神輿をどんどん大きくし、一方、担《かつ》ぐ人数は増えない上、十分食わせて貰えなかったら、そりゃたまらないから二人、三人脱落するし、そしたらいつか、神輿や乗り手も地面へ落っことされるのよ」

「普通、そこまで狂ってしまわない筈です」

「担ぎ手さんも、神輿の乗り手が『船頭』みたいなまとめ役でいるから、仲間同士、安心して助け合える。でも、あまりひどい乗り手に我が物顔されたんじゃ、安心どころか、お互いモメる元でしょ」

「民主的ルールで担ぎ手の中から、新たな乗り手を選ぶべきなんですか？」

「それが一番いいみたいね。神輿の重さを体で味わった人なら。

ところが、『生来、根っから乗り手タイプ』みたいな人を選んだら、また同じ事。一体何のために取り替えたか分からない。そういう例、結構多いのよ。不平・不満で煮え繰り返っていたくせに、いざお鉢が回って来た途端、皆、尻込みしちゃう。やはり、担ぐ方が気楽なのは確かだわ」

「乗り手だけでなく、神輿そのものが傷んでたら、買い替えたり、修理も必要でしょう」

「だから、凄くお金がかかる訳よ。結論を言えば、貧困層には無理。

重い神輿を嫌々担ぎ続けた昔の方がマシ――、となるかも知れない」

「革命は、いつも下層階級が上層階級に対し仕掛けるが、実現させるには上層並み以上の資金を費《つい》やす。……何か矛盾だなあ」

取材者として隆夫自身の明確なスタンスを、まだ殆ど示せない。

「私はこう思う――革命って、とんでもなく聞こえ良いフィクションよね。その二文字に、みじめな人達はあらゆる夢や希望を託せる。『革命さえ起きたなら――』と。

でも、その『夢や希望』は、十人いれば十人共、それぞれ中身が別々だから、合わせて何百・何千通りも、全部叶《かな》えられる道理が無い。

まぁ……、大体、暮らし向きの制度問題に絞られるけれど、そうした話ならわざわざ命懸けの大騒ぎやったところで、地位や所得も転《ころ》がり込む保証なんか無いし」

「事実として歴史上、革命は数限り無く起きているじゃありませんか」

「過去、革命で良い思いができたのは、ごくひと握りの指導者達です。一人の夢を叶えるため九人が犠牲になったようなもの。そりゃ『自分達民衆側が天下を取れた』と、溜飲を下げて皆、解放感に酔った事でしょう、初めだけは――。

　それからね、革命指導者達は必ず、お金持ちと手を組んじゃうのよ。いや、組まなければやって行けない。さっき言った通り神輿も造り替えたり、担ぎ手達を心から喜ばせなきゃならないし――前より見劣りさせられず飾り立てたら、また重くなる。本当は皆、もっと軽いあっさりしたスタイルを望んでたのにね……。

　そんな調子で革命は、人の命も沢山奪われるし、後々煩わしい。上層と闘ってお金を得るどころか、余計食い潰す事柄が多い」

「たとえ下層出身でも、権力者は権力者……金持ちから支援され、己のみ豪邸生活、となってしまえば、確かに『貧乏人の所得向上』なんて、もう忘れたい所ですね」

「要は、上下階層のバランスなのよ」

「むしろ、アンバランスを見つけた上層の誰かが、中流層あたりに強く働きかけるような革命こそ起こすべきではありませんか？」

「革命は――『クーデター』もそうだけど、世の中を、秩序ごと引っ繰り返す非合法な行為です。秩序にヌクヌク守られた人達がどうして起こせるの？

もし、上からの革命が有るとすれば、それは、上層にとっても何か現状維持に都合悪い——国際的な流れから遅れそうだとか——先行き怪しくなった場合ね。社会構造を丸ごと変えるため『これは革命なんだ』と吹き込めば、下層の人まで、我が事みたいに従い易くなる。

但し、その結果成功しても、何が良かったのか——よく考えたら分からない。皆、満足よりも、踊らされた疲れが残るだけで」

「やっぱり下からの抵抗力により、利益を闘い取らなければ本物でない」

「潔い志はご尤もだけど、そもそもフィクションだから、実現まで行く方がおかしいのよ。ところが、あなたも言ったように過去何回となく、大革命が成功している。元々世の中のお世話になり、根こそぎ引っ繰り返すなんて畏《おそれ》多い身の一般市民まで、どう巻き込んだか——」

「下層出身の指導者達も大金持ちと手を組むから?」

「いや、事が起こる前だったら、大金持ちは上層側へ逃げるから駄目。

すると、困った彼等を見て、ここぞとばかりにささやきかける親切な声が有る。ヒントは『第三者』かな」

「……外国勢力ですか」

「正解！

そこで初めて、勝ち目が出て来る。余所者なら、秩序や伝統に気兼ねしなくていいの。

　でも、長い目で見ると、これが一番、禍をもたらす。私は『横からの革命』と呼んでます。支援国にすれば大きな貸しを作った相手だから、革命後の新しい政府に口出しできるし、何かと利用したくなるのは間違いない」

「『下層民の夢や希望』と、凡そ掛け離れた世界ですね」

「そう。得をするのは、強い外国から『虎の威』を借りられる成り上がり者だけよ」

「沢井先生、今日は色々、興味深いお話を聞かせていただきました。ここらでぜひ、こちらの情報も交え、あなたにご確認したい一件が有ります。

先程、少し触れましたが、市内に『巴団』と名乗り、かなり過激なスローガンを掲げた政治結社が出来ているのはご存知でしょうか」

「よく知ってます」

「絶対口外されない約束でお願いしますが、彼等が『革命』という大義の下、通貨偽造や麻薬密売を企てているらしい噂が、当社へも最近寄せられたんです」

「…………」

「これが、先生の言う『横からの革命』に向けた地均《なら》しであるように思えてなりません。

実は先日、巴団を訪れ、ボスの星林氏にも会い、じっくり取材して参りました」

　丸子は両目を開き切り、大袈裟な驚き顔。

「本当⁉　あなた達、よく無事帰して貰えたわねぇ」

「そんな怖い所ではないです。皆さん紳士的、というか……ビジネスライクでしたよ」

「私の事も、彼等の前で絶対口にしないでよ。何せブラックリストに載せられていて、絶えず警戒中なの。前は一度、町を追い出されたり――で、大変だったんだから。

まさか、もう、あんな大人気無い真似はやらないでしょうけど」

「ご安心下さい。何が有っても、沢井先生との信義は違《たが》えません」

丸子も隆夫等の印象に、一貫した無欲さ・冷静さを認め、「これは大丈夫」と読んだか、初め頃より詳しく、やや自己宣伝気味に語り始める。そこでは、マスコミ・ジャーナリズムを星一派へなびかせず、自陣の側へ引き止めておこうとする欲気をはっきり窺わせた。


「今、ふと感じたのですが――、結論として沢井先生は、むしろ革命を起こしたくない、と？」

「起こしたくなんかないわ。『起こらないから、色褪《あ》せない』所が身の上です。

革命は、皆に心の底で想われ、願われてこそ生き続けるものなのよ」

「成る程、しかし、それは一番望ましい形であり、〝沢井理論〟を実践に移す過程で日入市に、予期せぬ混乱がもたらされる――という展開も見え隠れしてなりません」

「冗談じゃないわ。私が、この八年間、是端さんをそそのかして来たとでも言うの？」

「現に是端氏は、最高潮の盛り上がり方ですよ」

「ちょっと待って！　地域通貨の話、私は全然知らなかった。あれこそ、彼がオリジナルで進めたしくみだと思うわ」

「いや、全国的に流行《はや》りかけてはいますが。これだけじゃないんです。わざわざあなたを紹介された理由に、実は素晴らしい著書がお有り、との事で――。

『わしも、あれを読んだ後、三十歳以上若返った』と、是端氏自身おっしゃいました。もしかしたら革命の『教典』に当たるような胸騒ぎを覚えたのです」

　丸子は先程以上に呆れ、絶句した。

「参った、そこまで……。

　さすが、用意周到ですね。私も、もう年かな」

「ぜひ、一度、表紙だけでもお見せいただけませんか」

「本屋へ行けば必ず売ってるわよ。――小さな店だと、もう品切れかも知れないけどね」

　そして、『始まりの書』なるタイトル名のみ明かすに止《とど》めた。ペンネームで出している可能性が考えられる。

「それにしても、こんな取材受けたの初めて。どうやら、何か神秘的な力が、あなた達を動かして世の中に働きかけたんじゃないかしら。

　全人類の節目を感じさせられるなぁ」

「実は私自身、極めてそれと近い思いなんです。しかも今回、日入市へ到着以来ずっと……」

「よく分かる」という風に、深く頷いてみせる丸子。

彼女は、もうすぐ『始まりの書』続編に取りかかるべく、毎日資料集めで追われる近況を付け加えた。常識を覆《くつがえ》す大胆な新説よりも、あくまで現社会自体から人間性が滲み出る表現で伝えたい――そのため、あらゆる時間、自己に百パーセント納得して過ごせるよう心掛けているそうだ。

「話を戻すけれど、革命に対し、皆が望む中身は銘々違います。それらをすべて一挙実現、なんてできっこありません。――じゃあ共通部分だけ改めるなら、別段大層に構えなくてもいいんです。

星グループに乗せられちゃ駄目。彼等こそ、己は手を汚さず、皆に危ない橋を渡らせようと企んでいるから」

目元の皺《しわ》も気にせず表情を柔らかく崩しながら、コーヒーカップを片付け出す丸子。出会い立ての、勇ましく晴れ晴れした透明さが、また戻っていた。

そんな丸子の様子を見ながら絵美が尋ねる。

「最後にすみません。暮らしの方は、どうなさってますか？　作家収入の見積もりとか

――。以前、清谷地区の市場で働いてらしたんですね」

「そこまで調べが付くなら、あえて聞き出す必要無いわ。

　割と楽なの。前作、またまた大売れだったたから。

　そうだなぁ、続編で、できれば主婦層にターゲットを広げられないか、欲張ってるけれどね。それから、過去あちこち移り住んだ波瀾万丈を、ドラマ仕立てにしたい。『人生、即ち冒険旅行』なんて……」

「お若い頃、美大卒業後、デザイナーをなさった経験から、そちらのジャンルでも新しく開拓されてはいかがでしょうか」

「同感。只、それは息長くやれるからライフワークとして、もうちょっと先延ばしするつもりよ」

　他、趣味で始めたささやかな園芸や、コーヒーの好み等、細かい生活スタイル面で、しばらく丸子と情報交換をした後、絵美がインタビューを締め括った。

「貴重なお話を、たっぷり頂戴いたしました。私達にとり、今回あなたとお会いできた事自体、十年に一度のビッグニュースです」

「こちらこそ、こんな有り難い励ましは、夢見てるみたい。

　大丈夫。『横からの革命』は、私が防いでみせます。勿論、あなた方とも、全面協力を欠かせない。

「さあ、これから忙しくなるわよ」

インタビューを終えた丸子は、自宅内へ入り、新聞切り抜き記事等、やりかけらしかった資料整理にいそしむ。たった今の対談で気分が弾み、早速また新しい試み案を思いついたか――。

開け放たれた窓越しに、その横顔を認めながら、記者二人は、春爛漫で香り立つ沢井宅を後にした。

13

どんぐり保育園に勤める男性保育士、天木五郎。

やや小柄。柔らかく分け上げたラフな髪型で耳元が隠れ、話す時、いつもびっくりしたように聞く少年っぽい目や、形良いつり上がり眉、また何より、身軽さがひと際目立つ印象の二十六歳。

園児達にも人気抜群。「お兄《にい》ちゃん」と呼ばれて、慕われる。

真っ直ぐ、かつ繊細な人柄が持ち味だ。

集団内で落ちこぼれそうな子供等、逸《いち》早く見つけ、個人指導中心に観察する。

園内といえども、そこは一社会。何かと競争は起き、ついて行けない者にとり、段々居辛い場所となる。

〈絶対、脱落させたくない。ここだけは『大人達の縮図』じゃないぞ〉と——。

そう願う背景には、彼なりの理想主義が有る。

元々、地縁・血縁のつながり深い地方に生まれ、村内世帯の多くを同じ姓が占める「天木家」で、比較的躾《しつけ》厳しく育った。

末っ子の五郎は日頃、隣近所から兄や姉と比べられる度、厭《いや》でも負け嫌いになる。が、両親のみならず、世代の近い年長者にいつも囲まれた環境は心強い。

他方、家系が先祖より、一宗派を受け継ぐものらしく感じる体験も時々有り、成長に従い、いつからとなく誇りと関心を抱くようになっていた。もしかしたら彼こそ、代々秘められた役割を担うにふさわしい資質の持ち主だったかも知れない。

それ位、彼は思い込みが強く、また集団生活内に、何か揺るぎない目標を求めようとする性格であった。

現在、そうした徳性も十分満たされているようだ。プライベートな活動面では、一昨々年より政治結社「巴団」に所属している。

——八年前、受験浪人中だった天木、毎夕、予備校終了後、下宿先へ帰る際、道沿いの幼稚園や保育園を眺めて通る内、次第次第興味が募り、何と大学から保育士養成校へ、進学先を替えてしまった。

通学二年後卒業し、保育士資格を取る。

その間の実地研修先であったどんぐり保育園へ、アルバイト勤務し始めたところ、やる気満々の働きぶりが買われ、程無く、晴れて正職員採用された。

子供達の日常には、停滞というものが殆ど無い。機会を与えられれば、とにかく何事も一生懸命過ごせるようだ。遊び、運動、絵本読み……そして食事で特別盛り上がり、はたまた寝る事にさえ——。

天木は、無限意欲の中で泳ぎ回る彼等と触れ合い、毎日規則正しく生活できるよう手助けする一方、自らも、先々離れ難い拠り所を得る心地だった。

それまでの半生の間、出来上がった当世並みな人生観は薄れ、代わりに、どんな担当でも構わない、いつも瑞々しい幼児達をここへしっかり迎え、見守りながら大成する事こそ幸せではなかろうか、と。

出世や付き合いばかり汲々《きゅう》とさせられるサラリーマン根性が、ひどく腹立たしく思える位、普段の保育業務に、身心共どっぷり漬かってしまった自己を認める。

少なくとも遊んでいる顔からは、何一つ憂いや迷いが窺えない園児達を世話する時間、己が母親に成り代わったような錯覚すら抱く。

実際、そう考えるべきなのだろう。子供同士、保育士と親、あるいは親同士等、思惑の食い違いも色々垣間見える一方、無事預り終え、夕方を迎えると、相手園児の誰彼拘らず、芯から安堵する気持ちでいっぱいだ。

保育園敷地内は、多少お手軽ながら通俗と切り離された別世界の趣。包まれる空気からして楽しい。毎回ほぼ同じパターンが繰り返す中、園児達の暮らしぶりは、次々湧き出す新しいドラマにより成り立ち、その一つ一つを追いかける内、すぐ一日過ぎる。

仕事内容だけで、天木自身の生き甲斐は保証され、他、何か趣味に心傾ける必要も全然感じない。

世情には、生来関心薄い。

只、新聞紙上よく報じられる日入市の経済的な長期衰退が、厭《いや》でも目につき、昨今、頭にこびりついて来た感は有る。

それらは五年前、当地へ住み始めた頃から幾らか知る〝閉山不況〟で、市民間の会話にも度々顔を出す決まり文句となっている。

問題は、それが年と共に、大きく騒がれる傾向だ。通常「あれなら昔の事」と、忘れ去られるものなのに、むしろ、より身近さを覚え出した。

天木も「斜陽の町＝日入市」なる認識は元々有ったが、実生活からさ程、それが感じ取れる訳でない。低収入でも今の所、特に不自由せず、中心市街を少し西へ外れた町中で暮らす。

世間なんか、どうだっていい。自分はこの〝楽園〟内で幼い子供の保護と育成に尽くし、本人だけでなく親や仕事仲間から、もっともっと喜ばれたい——そう割り切るものの、他方、柄にもなく経済問題を憂える気持ちが年々強まっていた。

と言うのも、園児達多くの親が当然、この地元で働き、生計を立てる身である点に思い至ったからだ。最近、他市町へ勤めに出る共働き夫婦が多い話も耳にする。

〈それ程、深刻だとは……〉

まともに目を向けても、今一つ実情が摑めない分、却って気懸かりである。

よく注意・観察したところ、親が園児を送り迎えする時間帯は、以前の記録と比べる限り若干、早さ・遅さを示している。大した度合いでないにせよ、不況が家庭環境に影を落とす目印だろう。

高じて、もし万一「親の失業」が発生すれば？　暗転以外、何物でもない。保育料も、その内払えなくなる筈。

　日常、施設職員として充実が本物であればある程、余計不安感を催す。このまま、いつまでも張り切って働き続けられるかどうか分からない。

　しかし、厳しいなら厳しいなりに対応し、園こそ手厚く、子供達の安住を守る砦となれれば上出来だが――。

　そんな危機意識が、手探り半分の行動に乗り出した天木を、政治結社へ自ら加入させた。巴団には、日入市内の失業問題を完全解決する公約が、当初より見られる。その理念が「革命で以て」と、やや勇し過ぎるあたりはまだ理解し切れないものの、底無し不況に立ち向かう覚悟の確かさを教えられる。

　やがて彼は、巴団の革命志向をも、全く意に介さなくなった。

「体が受け入れた」という事だろう。職場外の、複数人数が集まりコミュニケーションし合う場で「世直し」的な営みに加わり、ようやく、将来へ向け頑張れる足掛かりを得られたらしい。

　或る意味で宗教感情に近い「発心」だった。

報じられる所によると日入市経済は、近年いよいよ八方塞《ふさ》がりであり、このまま放置すればロクな事にならない。国からの財政援助等、あまり期待できず、たとえ幾許《ばく》か融資されたとしても「焼け石に水」――。

ならば一層、伝統や土地柄に囚われない勢力の下、新たな道筋を切り開く方が好ましい。天木から見て、巴団リーダーの星林氏は表向き寡黙だし、素っ気無いが、顔立ちや動作にどこかしら清廉さを帯び、常々同じ態度が心強かった。

非公認の地下組織として周囲から怪しまれつつ、いささかも大志が揺るがない自信は、いずれ、必ずや脱皮する日入市新時代にこそ輝くヒーローなのだろう、と――。

そこまでぞっこんの天木自身、巴団内でも、加入後間も無く特異な位置を占め、重宝され出した。

人一倍強い帰属精神が幹部から一目置かれたに違いない。彼なら、少々危ない工作でもやり遂げてくれそうな見込み故か、与えられた持ち場は「諜報係」。

建前上、露骨な忍び行動を強いたりしない。只、彼が平日昼間通うどんぐり保育園へ、たまたま、「泉自治会」からも一週間に延べ十人余り派遣され、常勤している事が着目点らしい。

直接対峙する機会こそ無いものの巴団は、八年前頃日入市内で、失業者救済のため結成されたこの草の根組織を、取り分け疎《うと》ましく敵視し出していた。自分達と目標イメージが重なり、市民に独占的アピールしにくくなったのも確か。

加えてここ数年、地域通貨導入を機に、世間で着々実績を上げつつある相手方の成り行きは、「ライバル」どころか、お株を奪われたも同然。

今後、将来へ向け巴団存亡の危機と言わざるを得ない。

これに対し、星林ものんびりしていられる訳が無い。彼は彼で、打つべき策をしっかり探る。

――そもそも日入市の不況は、「銅の町」倒産に端を発する。地元産業を一手に支えていたE金属鉱業が全国的、いや国際的な流通卸売大手のK商事に事実上買収された構図である。

E金属鉱業が遺《のこ》した土地財産殆どすべて、現在も銀行グループの管理下に在り、鉱脈はまだ生きているが、大半の設備が古い上、不要不急扱いで放棄され、年々、荒廃のみ進む。

ところで、星個人が、K商事と浅からぬ縁でつながり、その特殊さ故、会社幹部にまで影響力を持つ話は、公然の秘密となっている。

勿論正当な権限でないが、表沙汰にされない範囲なら事業そのものさえ、或る程度左右できる立場なのだ。

そして、星を魅了している対象が、E金属鉱業より引き継がれた在庫の銅地金。「売れ残り」と言ってもバカにならない大量であり、特定企業へ安く横流しされてもおかしくない位。彼自身、その在処《ありか》や収納状態等、かなり細《こま》かく知っている。

実は、これを使い対抗策に着手——泉自治会の活力源である大切なヒイ通貨を骨抜きにしてしまう腹積もりだ。

具体的には先ず、「日入市新通貨」あるいは「ヒイ硬貨」と称する銅銭を相当枚数鋳造し、息のかかった一部商店街を通じ、出回らせる——。

デザインの善し悪しはどうあれ、現利用者の目が、手動印刷の紙券よりも、どこか他地区から現れた金属貨幣へ吸い寄せられるとすれば、影響は遠からず、既存の〝ヒイ通貨圏〟を蝕《むしば》むだろう。それ程、信用基盤はまだまだ脆弱《ぜいじゃく》。

「ヒイ硬貨」といっても名ばかり。泉自治会会員が知ったら、即偽物視できる筈。片や元祖の「ヒイ」自体、公《おおやけ》には正当を誇る所まで行かない。正貨と比べ、限られた民衆間のみの有価物を偽造した場合、違法性が薄まると読んでおり、そうやって、いずれ一地域通貨を、システムごと裏社会へ引き込み、不正国際取引の道具へと仕立てる魂胆だ。

即ち、罪無き正しい利用者まで〝共犯〟の烙《らく》印を押されかねない。

さし当たり、星としては、装飾模様等、偽造に参考となるヒイ紙券の現物見本が欲しい。

が、これまで、なぜか一枚も手に入らなかった。ヒイ紙券はヒイ協議会による管理が結構きつく、顔見知りや、名簿で分かる利用者間以外やり取りしない決まりを、長年守っている。

「違反したら除名処分」とかの規定も有るようだ。

そこで先ず、代表的利用者たる泉自治会へスパイを送り込んだ――同会と懇意などんぐり保育園に勤める一団員の働きが鍵――。

天木五郎は、己に課せられた至上命題を、よく心得ていた。産業スパイの感覚と言っていい。

公平に組まれた順番通り、栄地区から出向く泉自治会会員の氏名・年齢や容貌風体を、巴団事務所へ随時伝え、全員分、大方済ませてある。

只、何より「目玉」は地域通貨。

或る日ようやく、ごみ箱内に、破れかけのヒイ紙券を一枚見つけ、サンプル確保できた。

誰か会員がうっかり捨てたらしい。使用し切ったら封筒に集め、協議会宛に送るルールを忘れたか？

この時、天木は脳がしびれる程達成感を覚え、当日帰りがけ、巴団副官の武井正道に、嬉々として拾得物を手渡したものだ。

他、ヒイ紙券の使われ方に関する調査も試みた。初めて知る地域通貨――それが実社会で活用され、ここ数年、利用者が増え出した話への興味を、機会有る毎やんわり示し、泉自治会会員ともなるだけ接するよう努める。

毎日預る園児達の「お店ごっこ」等で、こうした生きた民間活動から貴重な教材を与えられないか――との、尤もらしい理由付け。


これに共感した人物が、会員達を日々〝業務監督〟する役の大塚清である。

三十三歳。天木からは「兄貴分」位に見え、気さくな上、面倒見良い。彼こそが先々、泉自治会を背負うリーダー候補と考えられ、本人もやる気満々。

だが、仮にいよいよそうなった場合、傍らでしっかり補佐してくれる相棒が得られれば助かる――そういう気持ちも強く働いただろう。以後、「天木指名」で何かと目をかけるようになり、例えば自己紹介旁、「ヒイ」の件から遡《さかのぼ》り、泉自治会が発足以来、今日まで辿った変遷を詳しく説明してやったりした。

天木は、新たな知識や情報を仕入れる度、巴団の武井副団長へ逐一伝える。

清が、一人だと煩雑な「泉自治会の世話役」として、天木を加えたい意思は今やはっきり察せられ、まだ正式要請まで至らないが、傍目に段々そう見え出す印象だった。

無理強いせず、自ずから結びつきが深まるよう導くつもりか？

有名とはいえ、マイナーな下層集団へ溶け込ませるため、取り敢えず何か、活動指針となるテキストが効果大きいかも知れない……。

よくよく考えた末、清は天木に、ごく小振りな単行本類をこっそり与えた――沢井丸子著『始まりの書』e.t.c.――。

寄贈でなく、しばらく貸しておこう、という思い。回し読みの感覚である。

数冊の本を共有する事で、問題意識に目覚めさせられれば儲けもの。――実は清自身、内容が今一つ呑み込めないのだ。

仲間として親しい丸子の著書を、全ページ読み通した事は五年以上前、処女作『泉日記』のみ。清を含め、テント生活する野宿者達の日常風景が生き生き逞しく描かれ、心温まった語り口と比べ、一番新しい本書は、浮世離れが甚《はなは》だしい。

彼が志す「社会改革」よりも、かなり観念論めいた色合いすら帯びる。

〈これなら、頭の回転速く、どこか鋭い才気を秘めていそうな若い天木にはピッタリ〉と、期する所があったらしい。

但し、天木も、受け取った本を早速読み始めたものの、お説教臭い文体について行けず、半ば放り出してしまった。

探り対象である「地域通貨」・「泉自治会」どちらとも縁遠い別次元。

せめて、本業の保育実務に役立つ生活心得でも載っていたら――と思い直したが、巻末までめくり、眺め回した限り、期待薄だった。


彼には、わざわざ教えられなくても、人間如何に生きるべきか、ひと通りの基準が備わっている。十分学び、練り上げられた結果というより、単純素朴な競争原理に根ざす気構えだった。

即ち、社会は毎日が小さな闘いの連続であり、誰しも向上心で以て、自ら発展し続けなければならない。特に学齢前の幼児こそ、いつか成人後、否《いや》でも強いられる「見えざる決闘」に負けぬよう、武器を磨く最良期だと――。

己に照らす場合、さ程上等な教育を受けた覚え無く、ごく有りふれた少年であった。只、体育、取り分け体操分野に抜きん出た運動神経を発揮できた事で励みとなり、他教科も程良くこなせた青春の経験が残る。

今、保育士の道を迷わず進みつつあるのはそうしたおかげ、と自負している。

職業柄、天木にとって生き甲斐は、預かる園児達を、できれば両親だけの下で育てるよりも賢く、のびのび快活に輝かせる目標だった。たった一人であれ、それを成し得たなら自信が増すのは勿論、先輩保育士達からも一層、信頼されるだろう。

実際、勤め馴れるに従い、業務として行なう基本的な躾《しつけ》以外で、むしろ遊びながら、将来役立つ特技を身につけさせたい気持ちが、ここ一、二年、天木の胸中では芽生え始めていた。


保育園の日常は、午前七時に始まる。早番・遅番の職員がおり、最終は午後八時まで。元々、夜間は無人だったが、四年前、南方面の栄地区から地元団体「泉自治会」を善意で受け入れ、以後、毎晩三人ずつ管理員室に寝泊まりする当直制となっている。

奉仕精神から彼等は、施設環境を快く保つための労働に日夜励み、園関係者とも今や全員顔馴染み。

勿論、園児一人一人が主役であり、家庭さながらに毎日、極めて多様な生活行動が繰り広げられる。

「学校教育」と異なり、保育園内あらゆる営みは園児本位。殆ど皆、朝食を家で済ませるため、大まかには、昼前までの遊びや散策↓昼食↓昼寝↓絵本読み・おやつ↓午後の遊び——という順で、幼児の基本的欲求に合わせたスケジュールである。

悪戯や喧嘩で園児同士が騒ぎ、時たま保育士から厳しく注意される事も有るが、それらは、体内より溢れるエネルギーそのものであり、根に持つ度合いは少ない。三十分経ったら、もうお互い、なぜ張り合ったか忘れてしまう位。

興味の的もコロコロ変わる。常時じっとしていられない子供達を、それでも真っ当な「家族の一員」として暮らせるよう、緩い秩序で括《くく》りつつ一日終える事が望ましい。

只、些細《ささい》な過不足も、慢性化すると目立ち出す。

大人達にとり、幼児は本来、無分別で元気者という常識が出来上がっているため、元気過ぎる子供には、強く抑える事を考える訳だが、元気の乏し過ぎる子供だと周りを戸惑わせ、案外ひどく嫌われる。事実上、見捨てられた立場。

本当はそんな子供こそ、両親から何が与えられず足りないか観察し、じっくり励ますべき所であり、それには「取り締まる」感覚よりも、相手の価値を「無」から助け出す誠意が必要だ。

現在、どんぐり保育園で認められる小さな厄介事に「康《やす》君の気後れ」が有る——。

「康君問題」は、ベテラン保育士達の何気無い会話から口をついて出たものが、段々広がり、今では園内有数の愚痴ネタとなっている。

実に他愛無い事柄で、兼吉康治という、とても奥手な四歳児の、他園児と比べ見劣りする点をあれこれ論《あげつら》うものだった。

休憩時の雑談中、園経営者に対する不満が湧いたりした際も、職員同士、

「あの康君だけは、ほとほと参った。親がもうちょっと真剣にハッパかけなければ——。勘違いしてる。私達はお手伝い役なんだから。育児の責任まで預けて貰っちゃ困る」

と、こぼす事しきりだった。


知能面等、人並みだが、動作が極めて鈍いのは機能障害でなく、癖や臆病性による、と半ば見抜ける分、全く同情されない。

皆同じ教科内容なのに、彼のみ特別扱いで、おだてつつやり遂げさせる努力が煩わしく、直接関係無いトラブルまで、つい彼の所為にしてしまいがちである。

あげく、彼とまだ面識無い新任保育士までが、先輩との面接で「『第二の康君』を出さないよう頑張ります」と誓わされる始末。

集団行動そのものに非は無くても、他の大多数と比べ発達が遅いだけでいつも悪評に晒《さら》

され、本人もそれを聞き取る度、申し訳無さから、より委縮したり――楽しい園内で唯一、汚点となりかねない。

　彼の自宅がかなり資産家層に属する点も、どうやらやっかみを生んでいるようだ。

　こうした露骨な村八分は実親の耳に入ったら大事《おおごと》だが、結構間近で接しながら園長さえ、まだすべてを把握できない。

　尤も、ズルズル野放しにされた原因は康君自身にも有る。被害者意識がまるで弱い。

「金持ちぼんぼんの大らかさ」と言えばそれまでだが、同年齢児が目敏《めざと》くオモチャを独り占めした後等、ぼんやり立ったままバァバァ唸っていたりする。

　奪われたオモチャを取り返す代わり、空《から》となった両手足で盛んに床中這いつくばり、遊びこける。もうすぐ五歳なのに、乳児の面影を色濃く残している。直接相手にすればする程、胸の内は分からない。

　家では高価なオモチャに囲まれている所為か、他を羨ましがる素振りが無い。また、多数集まり整列すれば、運良く前方へ位置した場合、どんどん引き下げられ、必ずビリとなる。皆、グズな康君より後ろでは恥ずかしく、彼本人も損な役回りを自覚し、そこに安住してしまう。

「がむしゃら」と正反対――寛容過ぎる気質が却って、心配ばかり引き寄せる格好。

保育士達多くは、康君が今後、様々な成育面で取り残され、親から責任追及されたり実績評価に響く予想を恐れてか、勤務時間中、個人的になるべく康君と関わらないよう過ごす傾向も見られた。

康君に呼び止められるのは嫌がるし、彼がごく時たま所構わぬ排便等、まずい過ちを起こしたら、すぐさま数人がかりで後始末し、一担当に負担が偏らないよう注意する。

そして、昼食後の休憩室では、例の愚痴が飛び交う訳である。

最近になり、この裏話の意外な陰湿さを知り、憂慮しているのが天木五郎だった。

彼は中堅・ベテラン保育士と比べ、受け持つ項目も「お遊び」や「お稽古」中心であり、乳幼児特有の生理条件への関わりは間接的。その分、スケジュール通り動いてくれなければ「遅れ対策」よりも、康君の実情が一体どうなっているか――そちらを重大に捉えがちだった。

このままだと、康君が、園児含め全員から蔑《ないがし》ろにされ、不幸な少年期を迎えるのは確実、と見通せる。

今、まだ己の境遇を意識しなくていい。しかしやがて物心ついた先も、教える側からことごとく嫌われ、同年齢の児童がやはり味方してくれなければ、どれ程惨《みじ》めだろう。

一方で、彼一人いつもグズなのは、既に疎外を肌で感じ、諦め始めている可能性も十分考えられる。実際、彼は気づかぬ内、幼少にして「うつ病」予備軍であるかも知れない――見た目通り、問題をこう受け止めた天木は解決に向け、強い心理的支えの存在が思い浮かんだ。

他にも一人、康君を特異視せず温かく世話してやれる保育士がいる――中村真弓という年下女性。「園に入り立ての研修生」とみなされてもおかしくない。

未熟な反面、業務に対する潔癖《けっぺき》さを備え、職場での考え方は天木に近かった。

彼女も遊戯等、比較的軽く、また見た目が楽しい領域の仕事を担当。中堅保育士よりも、二年近くペアを組む天木と専ら気心が通じ、指導を求めがちだった。

福祉現場である以上、選び立てせずあらゆるタイプの子供達を等しく見守り、保護者に安心と喜びが育つよう、保証してやりたい所だろう。具体的な康君への低評価を普段、彼女も殆ど口にしない。

だが、天木の方は、もう放置しておけない気持ちだった。これ以上対応の遅れが重なれば間違い無く、自他共暗い結末となる。

それは一日の大半、本人を預る自分達担当者の落ち度――或る種「犯罪見過ごし」に等しい。どう考えても康君は、申し合わせて邪魔者扱いする現場保育士達より、実家のお祖母《ばあ》さんにでも面倒見て貰う方が、健康や利発さを得られるケースなのだ。

そんな馬鹿な話が許されるものかと、当事者意識から、彼は大変悔しさを募らせていた。

正職員のモラルがおかしい――園児を単なる商売顧客に見立て、母性愛なぞ二の次。せち辛い世情を映し、いつか成績ばかり優先し出したとしか思えない。たとえ何か独自の工夫を凝らし、取り組みたい意欲が有っても独り善がりに見られるだけで、なるべく失点を避ける「事勿《なか》れ主義」へ流れざるを得ない。

無論、アルバイト上がりの青二才が先輩らを批判、あるいは園長へ直訴したら「身の程知らず」――受け入れられるどころか一斉《いっせい》反発から志気低下し、現在機嫌良く通い続ける他の子供にまで影響が及ぶ。

恐らく、個人的努力を超えた経営体制＝組織レベルが乗り出すべき性格の事案だ。確かに園全体見渡せば、職務は重労働であり、たった一人のお荷物園児が、見かけ以上に負担感を呼ぶ事情も理解できる。

それだと、康君は百パーセント浮かばれない。

ならば、皆への抗議で、冷遇を改めさせる無理より、自ずと改まるよう、康君本人に頑張って貰う他無い。

〈ようし……、早期教育だ〉

天木は〝多数派〟への対抗心を滾《たぎ》らせつつ、今後、康君を少しばかりえこ贔屓《ひいき》し、彼一人特殊能力が身につくよう叩き上げる意志を固め、心に誓う。

今さら保育士達が公平な親密さで近づいてくれても、康君を立ち直らせられる見込みは薄い。

一方、もし彼自身が変われば、周りの先入観は遠からず打ち消され、園全体に自己反省の機運を呼び起こせるかも知れない訳だ。

物事、受け身な対応は禁物。これから先、小・中学校等、友達関係が丁度社会の縮図となるのに、恩情を期待する養育では自信の芽を摘みかねない。むしろ、幼い内味わった容赦無い体験を前向きに捉えるなら……小学生並みの競争心こそ、道を開くに違いない。

今、彼の全人格を覆う諦めムードが少しずつそちらへ転化するよう、ぜひ何か一つ、特技に目覚めさせたい――。

天木は早くも一応の勝算を置いていた。康君が〝転がり好き〟という点である。

彼はよく一人、床や布団上見境《みさかい》無く、ゴロゴロ回転する癖が有る。年長組の園児にオモチャや絵本を取り上げられた際、代償行為で仕方無くそうなったものだろう。

或る昼前、天木は腹を決め、集団から外れて転がり遊ぶ康君の傍へ近づくと、両手両足を揃えて支え、そこから前回り・後ろ回りさせた。

びっくり仰天の康君も、数分後には、なぜか自分にだけいつもより親切な「お兄《にい》ちゃん」から、熱い働きかけが通じ、繰り返し練習したがるのだった。

天木は、なるべく目立たぬよう心掛けながらも、皆の反応をさ程厭《いと》わず、康君にのみ特訓を施し始めた。その要領は掛け声や言葉遣いこそ優しいが、毎回、相当きつい運動量となって行く。

康君が百パーセント従順なため、教える側も、つい遠慮無く没頭する。

一週間で、前回り・後ろ回りが、釣り合い良く何度もできるようになった。

今度は「逆立ち」――。

板床面に両手を突き、低く横伸ばしされた天木の片腕めがけ思い切り、両足を跳ね上げる。

上体ごとグンニャリ崩れがちだったのも段々、感覚面でコツを呑み込め、重心がスムーズに止まり出す。体重を支える両腕は、幼児なりの筋力が付きかけているらしい。

〈これは本物みたいだ。何とかやれるぞ〉

天木の心内に一条の、揺るぎない光明が差し込んで来た。

康君も、天木に腕支えして貰う逆立ちが余程楽しいのか、思わず歓声を連発する。丁度、それまで全園児中、康君だけに見られなかった柔らかい笑顔。

〈もう、あの、何が欲しいか分からない無表情じゃない。彼は今、皆と全く平等な幼子《おさな》として、園内に誕生できたのかも知れない。

見てくれよ、生き生きしてるじゃないか。誰が康君を問題児に仕立て上げたんだ？　マニュアルのみ信じ、本人達の中身と接しない効率教育——ぼくが、そこから解放してやる〉

——。


天木の確信に応える順調さを示し、康君は単独の時も、壁へ向けて逆立ちしたがりだした。恐らく帰宅後、親を驚かせる事が楽しみなのだろう。

それが狙い通りプラス作用——康君に「逆立ち教えて」とせがむ友達が、いつの間にか一人二人ついて回っているのである。彼等は、康君が先生＝「天木お兄ちゃん」から期待される何か特別偉い子、として見えるに違いない。

只、俄《にわか》にこれだけ注目を集め出した康君関係で、波風が立たないと言えば嘘になる。早速、康君が属する「柿組」の主任保育士から天木は、カリキュラム無視の勝手な指導を止《や》めるよう注意された。

　天木は平然と聞き流し、以後、特別扱いに何ら変更も見られず数ヶ月過ぎた。

　園児達の間で、康君はぐんぐん人気上昇中。一方、〝保守陣営〟の憤りが、我慢できない線まで達しつつある。

　各園児が家庭で喋る持ち帰り話から、真相を知った保護者側も事有る度、苦情を寄せ、中々治まらない。園児全般とは無関係な方針——即ち、同じ保育料を取りながら、資産家子息のみ優遇する不公平としても問題視されたのだった。

　保育士達の多くが、やや肩身の狭い思いで、送迎の親達と接しなければならない条件を背負い込んだに等しい。

　そんな中、天木の「康君路線」はいささかも緩まず、着々進められた。

　園内外で困り顔されればされる程、余計誇らしく、やり甲斐を覚える。本人に対しては、周りから左右されない自覚が芽生えるよう、重々励まし、また教え込む実技類もレベルアップを忘れない。

　彼には強い味方がいてくれる。元々〝敵側〟だった園児達多数が、康君を人気者の座へ押し上げたし、それから唯一、天木と馬の合う若い保育士＝中村真弓も入園当初、軽いイジメに遭った影響か、しばしば反骨精神を覗かせる。

　仕事上、天木と組む彼女。それこそ先輩保育士達を見返してやりたい意識が強く、康君個人にとことん思い入れた結果ではないだろう。縁取り濃い大粒の目をし、額が張っている割に顎は細く、利発さと依存心が同居するような雰囲気。

　何事にも一途な上、あまり笑顔を見せないが、笑う時、大変可愛らしい。

　天木も、彼女の採用直後より一目置き、相性よさが刺激し合う形で勤務評価され、割合自然にペアを実現していた。専ら体育・情操面中心に接触する園児達から「楽しいお兄さん・お姉さん」のイメージが生まれ、どちらかと言えば「口うるさいお母さん」的な中堅保育士達に比べ親しまれ易い点も、彼女を天木との少数派で満足させている。

　それがまた、「おむつ替えや躾《しつけ》等、しんどい世話を巧く免れ、遊んでばかりいる」かに妬みを買い、浮いた立場が定着してしまった。

　真弓本人からすれば、職員間に積年守られる序列こそ、自分を現位置へ追いやった原因であり、実質、理解者は天木只一人の状態。

康君が成長目覚しく、訓練を続け四ヶ月も経つ頃、逆立ちのまま静止したり歩いたり、腕立てからの前回り・後ろ回りまで次々こなせ出した。

特殊な専門学科ならいざ知らず四歳児にして、これは驚くべき上達だろう。彼の弛《たゆ》まぬ努力というより、持って生まれた素質や、同じ園児同士の交わりも、体操練習する上で都合良いらしく、環境のなせる業である。

〈その気さえ有れば、やはり皆、出来るさ〉

天木は、願いが天に通じた心地をしっかり実感する。

――しかし、これで満足し切っていいだろうか？

勿論駄目だ――そうささやく声も、どこかから届く。

それに、もし二、三日鈍《なま》ったら、ひ弱な手足で、現状維持は先ず難しい。彼が太鼓判を押すにはまだまだ遠く、実の所「入口」段階なのだ。

やがて天木の脳裡を、康君が前後左右に宙返りする姿が駆け巡り出す。せめて、そこまでマスターさせられれば、と……。

今、園児仲間に囲まれ、逆立ち中心の技を見せ、チヤホヤされているが、あれ位なら遅かれ早かれ誰も真似できるし、彼よりずっと巧い子がいるだろう。しかし「空中回転」となると、そう簡単じゃない――。

〈いや……、今、彼に必要なのは、あやふやな『実力』なぞでなく、日々技を磨き、仲間からの挑戦も喜んで受け入れる『闘志』そのものだ〉

天木は三月中旬、昼食前の二階遊戯室内、後片付けで出遅れた康君と一対一の機会を捉え、いきなり数度、空中回転を初披露した。

釘付けとなった康君の両目がみるみる好奇を帯び、同日午後、促されず自ら、新たな技に挑んでみる程だった。天木も、グッと迫る手応えを表情から滲ませつつ、それでも普段通り相手の熱中が保てるよう、身構えやら弾みのつけ方にアドバイスしたり、逆さ上げされた両足を、毎回約一分間ずつ支えてやる。

こればかりは相当、瞬発力や背筋が求められ、現年齢だとすぐ成功させられそうに思えない代物。

尤も、二人以外、目標を一切知り得ない。周りは、あの逆立ち上手な康君がマット上で、また何をゴトゴト飛んでは引っ繰り返りたがるのか？　——ひたすら興味津々に見守るのみ。

一方、康君の人間的脱皮に向け、好影響が現れていた。

日常、進んで園児仲間へ入り込む姿が見られ出した。おっとり性のため、損な役回りとなりがちな点は相変わらずだが、以前に比べ、一人離れ無表情を決め込む、〝拗《す》ね癖〟等すっかり忘れたかのよう。

むしろ、より幼い年少組の遊び相手を受け持つ事も――。家へ帰れば乳離れ間近な妹がいるため、似た感覚で面倒見てやりたいらしい。

また、グラウンドでの集団遊びに必ず参加するようになった事が凄く大きい。只面白おかしく動き回るだけでなく、そこは相撲も球技もルールが有り、勝ち負けの結果、競技者同士に順位が生じる〝世間の道理〟も、追い追い分かり出す。

幼児から青年期に至るあらゆる学課で明記こそされないものの、先生・保護者共、一番入れ込む事柄は「ウチの子」が他所様に負けぬよう、養うべき競争心。

無論、触れさせる年齢が早い程、先々有利な点を否めない――。

14

五月半ば過ぎ。

或る昼下がり。無風の上、晴れと曇りが入り交じった春らしい、至極穏やかな日和。

周囲の家々が豪邸ばかりのため、やや狭く見えるどんぐり保育園グラウンドへ、昼寝休憩を終えた園児達が群がり出て来た。

全七十人の内、四十人余りが戸外におり、大体五グループに分かれて遊ぶ。

今日は、ハンドボールを思わせる球技や縄跳び、それに滑り台が多人数メニュー。

園舎に程近い大型滑り台では兼吉康治君の姿も有った。彼含め九人が、最後部から高さ三メートル程、大変急な梯子《はしご》段を昇り、次々滑っては砂場を横切り、また最後部昇り口へ戻る。

「ダンボ」の愛称で呼ばれ、全体をゾウに似せたコンクリート製滑り台は、本物の若いゾウ位十分有りそうな立派さ。どこか小学生並みの体つきとなった年長組園児に取り分け人気高く、集まる顔ぶれも、ほぼ決まっている。

〈こんな光景、まるで嘘みたいだ〉

少し離れた軒下から眺める天木は、康君の変わり様《よう》を見せつけられる思いだった。

体操のごく一、二種類、得意技を持った姿が皆に注目され、仲間を生み出し、今度はお絵描きはじめ芸術・知育でも個性を発揮——康君作品が、玄関ホール壁の飾りとして貼り出されたりしている。

そう言えば最近、保育士同士ささやかれる陰口に「康君もの」は鳴りをひそめた感が強い。

保護者も一時期程騒がなくなった故か、天木には、かつて園内で自分が通る場所から毎度立ち込めたトゲトゲしい緊張を、ようやく忘れ、他方、それらと真っ向張り合う過剰な自我も、自然自然和み行く心境である――。

その康君、滑り台上で手摺《す》り部分に腰を押し付け、止まってしまった。

遊び開始後、長い時間内、誰が誰とも見分けつかない順調な流れだったが、途中、台上でたった一人に抜かされた事から、一歩引き下がるや次々と――他の子供達が構わず滑り続けるのを前にするだけ。

列の切れ目へ割り込もうにも、熱中し出したら皆、下り立つ間を惜しみ、砂場から走り戻るため、梯子段で前列後部とも、すぐつながる。

腰の高さまで囲われた一メートル四方のタイル面は、幼児に身動き取りにくい。また、康君をそこへ止め置くため、皆申し合わせ、なるだけ早く梯子段へ戻り、昇り直すような悪意さえ、天木には見えてしまうのだ。

〈これはいけない、元通り滑らさなければ――〉

天木は少々動転した。この半年余り、二人三脚で孤立から立ち直らせたと言っても、「地」

は残るもの。それが、いつ、どんな機会に顔を現すか——たとえ付きっ切りの専任だろうと、予想し難い。

事が比較的上手く推移して来た分、「揺り戻し」への考慮など無きに等しかった。どこか死角で必ず巣くう油断を、ひしひし思い知らされる。

しかし、今さら何ができるか？　十分頭を巡らせたものの、手の下しようが無い。

確実な方法と言えば、全員に、滑り台遊びを一旦止《や》めさせ、康君も含めた列に組み直す程度だが、園児多数の前だから、彼一人辱《はずかし》める結果を招く……。過保護は避けたい。

その間も康君は一人、狭い隅っこへ押し付けられた格好のまま反《そ》り返り、目の前の滑っては昇る園児列を遣《や》り過ごすばかり。

地面上なら、何か面白い話題に事寄せ引っ張り出し、別の遊びグループへ移動も可能なのに——、はからずもグラウンド内一番高い位置で、ごまかし利かない姿を晒《さら》す。

それは長びけば、園児全員の目に、再び「臆病な康君」を印象づけるだろう。

天木は歯軋《ぎし》りしながら、声にならない声を上げる。

〈康君、滑るんだ。遠慮なんか要らない。

〈一体どうした？　ひ弱い自己に捕まるな。仲間なんか押しのけ、列へ入れ。闘えー〉

思いがさっぱり届かない。内心、頬を平手打ちしてやりたい位。

昼下がり、園児達の黄色い歓声溢れるほのぼのした小グラウンドで、青年保育士は苛立ち続ける。


とは言え、間も無く、事態の道筋が見通せて来た。

要するに、康君次第。今居るグループへ飛び込んだ以上、やはり自力で動き、やり通さなければ困難は脱せない。


ならばこそ、過去半年余り、新しい〝身内〟を演じた二人の絆が、ここでも役立つ。彼を、あそこから助け出すんじゃなく、また情け無用できつく命じるんじゃなく、滑れる自信を与え、その気にさせてやる――それができる人は唯一、私なんだ。

先ずこちらから動く事で、絶対、彼に伝わる筈、と――。

天木は表情柔らげ、思い切り滑り台近くまで駆け寄った。スキップ風の足取り軽く。斜め下から、

「やーすくーんー」

間延びした呼び声を送る。

園児約四十人が休む暇無く、ザワザワはしゃぎながら遊ぶ最中《さなか》、それでも天木のかん高い、張りの有る声は数回繰り返す内、耳が親しく覚える康君へ届いたらしく、彼は振り向き、グラウンド下界に「お兄ちゃん」を見つけ出した。

目と目が合い、再び呼びかけると康君は、そのままにっこり笑う。

顔同士二メートル以上離れた天木が、腕を弾ませ、盛んな手振りで促す。

「さあ、滑ろうねー」

と、口調ゆっくり、粘り強く言い聞かせながら。

相変わらず笑顔の相手も、こちらを見下ろしている。果たして、言葉通り受け取っただろうか？　いや、列から外れて立つ内、滑る欲が萎《な》え、只感情弱く漏れた自嘲なのか……。

天木の熱い動作もテンポが増す。耳で操れない分、視覚に訴える他無い。

甲斐有ってか数分後、ようやく新たな微反応が兆し出す。

しかし康君、思い切り身をかがめたかと思うや、その体は瞬間、後方へポーンと高く舞い上がっていた。まるで宙返りをするような半回転の弧を描きつつ、真っ逆様《さかさま》に転落した。

保育士達が激しい悲鳴を上げ、たちまち一ヶ所へ数人群がる。

康君の泣き声は聞こえない。地面が砂場でも、高所より一挙だったため、頭頂部への強打から脳しんとうで、意識不明となった。

首の骨は大丈夫か？――

誰かが「救急車――」と叫ぶ鋭い声。やがて現場へ駆けつけた救急隊員により、搬送先がてきぱき指示された。

体位を崩さず慎重この上無く、康君は担架へ乗せられる。

救急車は一路「佐伯病院」を目指し、発進した。北へ一キロメートル半と、割合近い。

事故に気づかぬ園児達以外、上を下への騒ぎとなる中、顔面蒼白に固まり、立ち尽くす天木五郎。遅れて知らされ飛び出した中村真弓も、彼の片袖を触り、心配気に寄り添う。

――天木の脳裡では、たった今しがた懸命に立ち動き、連絡取り合った保育士達の残像が生々しく映ったまま、現場に体を縛りつけられる。

あらゆる念が、瞬時で次々重なるように渦巻く。

〈なぜ、あれ程……〉

康君個人への深い母性愛を認める他無い。

かつて、彼のみ冷遇、と決めつけた事自体、思い過ごしだったろうか。専門教育を受け、人間性も徳も積んだであろう先輩保育士等が、そう安易なイジメに全員染まったりしない道理は普段もよく知る所？

なのに、皆と比べ「ビリ」位置のままゆっくり育つ中から一人選び出し、特訓紛いにシゴき上げたぼくが、今日、無慈悲にもここで――。

もはや覆《くつがえ》せぬ新たな現実へ、すべて呑み込まれて行く。次々湧き上がる想いは残酷さ一色なのだ。責めても責め切れない悔いの痛み。

他方、保育士達が恐ろしく張り詰めた裏に、我が身への本能的守りという半面も、勘ぐる事はできる。

康君が資産家子息で有る無しに拘らず、何事か起これば、これまで彼に対し為《な》された保育実績の善し悪しを厳しく問われる。多少身に覚え有る担当者なら尚更《なおさら》、軽微で収めたく慌てて当然かも知れない。

しかしそんな背景さえ、天木の立場をいささかも弁護しない。今、正真正銘、彼の所為で園全体の信用、そして将来性にまで深刻な影が差しかけている。

そこまで思い至り、ようやく天木の体が一歩踏み出す。夢現《ゆめうつつ》な目つきのまま彼は、恐らく自分でも知らず知らず、歩みを始める。

15

事故後、はや一時間。幾分暮色を帯び始めるグラウンドから園児も保育士も、一人、二人と引き上げて行った。

いつも通りなのに、今日に限っては皆が、滑り台への怯えから一斉《せい》解散したように感じられ、心苦しい。構わずもっと遊び続けてくれるなら、まだ余程救われる筈だ。

園舎内も、ことさら静まり返っているように思えた。

全員入舎したなら、誰か廊下を歩いていたり、話し声位聞こえても良さそうなものだが、各組毎、室内へ引っ込んでしまったか？

天木は己一人避けられている気がしてならない。過去これ程〝罪人の負い目〟を味わった経験は無い。

辿り着いた来客用応接室。

ここらも全く無人。職員関係は多くが、康君の件で病院へ出払ったに違いない。むしろ「張本人」の彼が舎内へ残る事自体、人情からしても奇妙な話。

しかし、彼は求めて、ここへ来た。

半分開きかけの厚い木製ドアをしっかり閉め、ソファに囲まれた絨毯《じゅうたん》の床面も横切り、北壁の下へ――。

天井近く、それぞれ立派な額入りで掲げられる歴代園長の写真六枚を前に、跪《ひざまず》き、じっと見上げる。

――呵責・後悔――

言葉にできない程、心中にのしかかった苦悩を、すべて知って貰おうとしていた。もう、仕事仲間からの励ましも、とうていおぼつかないから。

たった一つ為《な》し得る手立ては、施設を長年育てたあらゆる人々にとり「心の源」となるこの場所で、出来事を漏れ無く報告し、ひたすら懺悔《ざんげ》する勤めだった。

〈――すべて、私の過ちです。
私がうっかり、無理な育て方に気づかなかったのです。
しかし園長先生方、どうか康君を救い、私をも、せめて今回だけお許し下さい。彼が、この園始まって一人目の事故死とならぬよう、幼い生命にお力添え下さい。お願いします〉

他、誰もいない応接室内。仄かな温かい空気が沈殿した中、無我夢中で、天木の祈りは続く。

肖像写真以外に、保護者との信頼や、たゆまぬ創意工夫を讃える市長表彰状等も十点近く掛かる。また、卒園児達が粘土を捏《こ》ねて作った記念碑的な共同作品が飾られ、そこはまさしく園の「殿堂」に当たる場所――。

康君の正しい容態を確かめる気持ちに、どうしてもなれなかった。それだけ、かなりひどい、との印象が強い。自分も病室へ出向き、もし面会すれば――なぜかその途端、最悪場面を迎えそうな気さえ催す。

とにかく、どなたか――当園を代々見守り続けて下さる先人達――その功徳で以て、運勢を「吉」へ振り向けて欲しい。

事故の経緯が今後、どんな処分をもたらすか？　は頭にない。

「康君の命」

その一点のみから、過失扱いであれ自分が〝容疑者〟となる事態を、絶対免れるよう望むばかりだった。


夕刻、引き取られて帰る多数の園児同様、康君宅からも定時通り、母親が訪れる。

但し今日は、生後六ヶ月になる長女を抱き、慌ただしく乗用車から出て来た。今や顔見知りで結構親しい中村真弓保育士に、しばらく長女を預って貰うためである。

康君転落の知らせが逸早く両親へ届くと、父親は、搬送された病院へ勤め先から急行し、育児休暇中の母親も、じっとしておれなくなったらしい。

一部の乳児延長保育を除き、閉園された午後六時過ぎ。玄関ホールで真弓一人、赤ん坊をあやしながら、板床や絨毯上をぐるぐる歩き回っている所へ、「心ここに有らず」の天木が鉢合わせした。それまで、ずっと応接室だったのか?

康君の妹を引き受けた事を真弓から聞いて、天木は目が覚めたような表情明晰になり、はっきり病院行きを告げる。

〈ぼくが居なければ、康君は助からない〉と信じる口調で。

仄暗く、内装の所為かどことなく桃色がかって見える玄関ホール一帯。そこで映る天木の眼差しは、確かに尋常ならざる鋭さを宿す。そのまま真弓に理解し切れない心情であっても――吹っ切れた、というより、何事か託された意志が奥に働いている様子は明らかだった。

とっぷり暮れた町は、様々な灯《あかり》が輝き、饗宴《きょうえん》を催す場と変わる。

短いながら意外と坂が多く、道幅も狭い田所地区。閑静な古い住宅街として「山の手側」を形成している。

雑木林を思わせるうっそうたる高い生垣の傍で一本だけ街灯が立ち、白々と灯る箇所等、殊の外みすぼらしく、幼児期なら何者かに脅されそうな気配が先立ち、怖々《こわごわ》駆け抜けたものだろう。

やがて、平坦地となり、かなり視界も開ける。

丘一つ隔てた高校グラウンド沿いから照明光によるものか、低い夜空がうっすらオレンジ色の霧状に染まった下、佐伯病院が見える。

取り巻く邸宅群とは少し異なる大きさで、黒影濃くそびえている。

四階建て。ほぼ全窓共、眩しい位、明かりが溢れる。

「――あの内、どこかで彼は今、生死を彷徨う真っ最中か……」

本気で、そう考え及んだら、ここまで決然と北上した足の歩みも怯《ひる》む。

医師顔負けの特効薬を、己が持ち合わせる訳でない。

もう、それ以上身動きならず、唇を噛み、突っ立ったまま眺め続けるのみだった。


午後七時五十分頃、どんぐり保育園内。

扉が開きっ放しなのに、玄関ホール内は殆ど真っ暗。

北窓から外光が、色数多く差し込み、ツルツル滑らかな床板上に映える。塀沿いの街灯や、道向かいで数軒立ち並ぶ小店の看板ネオンが光源だろう。

まるで、大きな走馬灯に照らされた居心地だ。


玄関の上り口付近で、相変わらず真弓は〇《ゼロ》歳児の「美樹ちゃん」を抱きかかえ、あやしていた。片付け忘れの教材類も眼中に無く、壁際に置かれた木製安楽椅子との間を行き来し、時たま座ったりしながら――。

普段、母親がどう世話しているか見当つかないが、ここまで何とか、泣かさず済ませている。

不意に、玄関ガラス扉に透けて映り、入館した人影は、天木だった。

硬く、浮かない表情で真弓と向き合うや、胸元の毛布でくるまれた内側を覗き込み、

「赤ちゃん、しっかり寝てるね……」

まるで、何もかもごまかそうとする逃げの口調。

「それより康君、どうだった？」

声逸《はや》らせる問いかけにも、俯《うつむ》き加減で、「まだ病室内」と答える位しかない。

「だって、もう八時なんだから、症状とか、どんな治療法とか――聞いているんでしょう？

ねえ！」

半ば取り乱し気味に急かす真弓。

「それが……。誰一人教えてくれないよ」

彼も、己を憤る心情なのか、やり切れなさそうだ。

美樹ちゃんの傍らに添えられたリス人形を、指で少し突《つつ》いたり、只見つめるばかり。

しばらくすると彼は、黙ったまま二階へ向かう。

下りて来た時、手元に一個、小熊の縫《ぬ》いぐるみ人形が覗いた。病室の康君を慰めてやろう、と考えたアイデアかも知れない。

センチメンタルな作り事で、子供一人の命を救えたりしない、それでも、やはり情が移り、つい……。……絶望一辺倒な見通しに、思わず溜め息が出る。

真弓は天木に対し、詳しい説明を促すべく常時睨みつける態度だったが、彼一人を咎《とが》め切れない何かも、多分承知している。

なぜ私達だけことさら、こんな悲惨さを演じさせられるのか——他力本願の不運を訴える心理は、人一倍強い筈。


「そうだ、もしかしたら、用務員さん——、何か知らないかしら。さっき、奥で三回電話かかってたし」

「『さっき』……、えっ、いつ頃？」

それが、ここへ帰り着く少し前だと知るや、天木の顔色は一変。君こそ、なぜ教えてくれないか——不満が今にも爆発しそうな反応の中、踵《きびす》を返し、直ちにまた戸外へ——靴を履《は》く間ももどかしく、あたふた飛び出して行く。


——一時間近く過ぎた午後九時頃、天木が舞い戻った。

先程、出て行った時と同じ早足のまま、上履きスリッパも散らかる玄関上り口から、土足で駆け込んで来た。

カーッと見開いた目。

「やったー。

やったやった。

やったんだー！」

はち切れんばかりの叫びと同時、立て続けに激しく三度、後ろ宙返り。

誰に告げたら良いか分からないこの感情――。

とにかく、真弓の両肩を抱き締める。

赤ん坊も挟み三人合体した奇妙な光景が出来上がる。本気では信じ切れない己自身に伝えるため、必死で表現してしまう。

「康君が、――目を覚ました。意識が戻ったんだ。

本当だ。凄いぞーっ！」

その赤ん坊を真弓から奪い、頭上高く腕伸ばしする。殆ど天井まで放り上げる急速な勢いに、それまで気分良く寝付いた美樹ちゃんも顔をくしゃくしゃに崩し、思い切り泣き出した。

しかし、天木にはすべてが、自分への祝福に聞こえてならない。オギャアオギャアと泣かれれば泣かれる程、体中じんわり安心が染み込むようで、もっともっと嬉しくなる。

そして、改めて真弓とも抱き合い、彼女の胸に顔を埋める。赤子に負けない位「感情いっぱい」オイオイと声上擦《うわず》らせ、有る事無い事、思いつく端からささやきかける。

できれば、これから何か音楽でも鳴らし、一晩中踊り回りたい心境だったろう。

真弓も、天木本人と思えないようなストレート過ぎる浮かれ方を前に、只々戸惑いつつ、全面受け入れる。

……何かが起こったんだ。凄い、素晴らしい事なんだと、自身に対し一生懸命納得させる様子が窺えた。

康君のみならず、この職場全体の存亡に関わる出来事だった？

春ならではの夜気が生暖かく包み込む。形はきつい大粒な目を瞬きせず、ホール内の一点へじっと向け、唇もしっかり結んだまま、どこか安堵と、徐々に微かな笑みが漂い始める。

——やはり、まだ事実そのものが、言葉通り信じられない。だが、これが彼女にとっても「幸い」を意味する感慨だけは、味わい尽くしたかったに違いない。

——滑り台転落後、佐伯病院へ運び込まれた康君は、救急病室の医師達に治療を受けた。

最初から泣き声一つ上げない意識不明状態は、周囲の緊張を一層高ぶらせた。

連絡を受け、午後四時半に来ていた父親とも、一切面会謝絶——。

が、六時過ぎ、ようやく気がついた。

打ち所が急所を外れ、また軟らかい砂地上のため内出血に至らず済んだようだ。本人は、しばらく眠っていた位の感覚かも知れない。

運良く命拾いした按配だが、傍目には「奇跡的回復」である。医師も慎重を期し、狭い廊下中群がる園関係者への説明は、最小限に止《とど》めていた。

まだ骨の異常等、レントゲン撮影で調べる必要が残るものの、取り敢えず峠を越えたと判断し、七時半頃、両親から始まり、ごく少人数ずつ、離れた壁際に立ち、ベッドを眺めるのみの入室が許された――。

自家用車で病院から戻りがけ、母親が美樹ちゃんを引き取り、真弓も帰宅するとパッタリ落ち着いてしまい、園は、大騒ぎがまるで嘘だったかに、普段の空気を取り戻した。

紛れもなくいつも通り。

また明朝、来園する園児達の柔らかい動き・歓声がぼんやり、想像できる。

静かな夜更け故、尚更そう感じさせられる。宿直員の詰める東棟一階のみ、一部明かりが漏れている午後九時台。

応接室内。天木は、北壁に並ぶ歴代園長の肖像写真下で、再び跪《ひざまず》く。興奮が醒めた胸中は尚、すっかり安心し切らないながら、「救い」への感情を伝えたい一念で満ちる。

「ありがとうございました。康君は無事、掛け替えない命を、お返しいただきました。本当に……。私が頑張ったからではありません。すべて、あなた方のおかげ――皆様が、康君の生命力を、そしてそれが彼自身へ戻り、つながり直すと信じられるよう、私にも勇気をお与え下さったのです」――

事実、天木は、もし康君が絶命するような事態となれば、自身も、もう社会で生きていられなかっただろうと、真っ芯まで振り返り、空恐ろしく感じる。彼への一途な思い入れが、半ば職場内孤立と闘う反発心の裏返しだった分、もたらされる結果次第では、己を責める以外どうしようもなくなる訳だから。

「康君の体と共に今回、私の心も、死から免れました。勤める年数が浅い所為かも知れません。今、これまで見えなかったものが段々見えて来る気持ちなのです。つまり園とは、たとえ仮の世界であれ園児にとって、学校じゃなく

『家』という事──理解できず、張り切り過ぎました。彼に教えてやるべきは、せち辛い世渡りよりも親の温《ぬく》もり、そして『安心』でした。

もう、好みや立場にばかりこだわりません。どの保育士さんも園児達も、私にとって家族であり、最も頼れる味方です」


閉め切られ、一切外光を含まない室内。

それでも前より目が馴れ、物々の配置を大体分かり出した中、各々額入り写真で納まる園長先生方の顔がどこかしらほころんでいるように、天木には思えてならなかった──。


真弓に対する評価も、「優れた補佐」に止《とど》まるものでなくなりつつある。彼女が彼と、少数派の意地をとことん共有してくれたからこそ、予期せぬ難しい状況下、康君危機を何とか乗り切れたのは間違い無い。

過去、こうも限られた仲を、お互い「当たり前」に過ごした事が不思議な位。

ああやってたった二人となっても、変わらず協力し合えたのは、相手が真弓だから？

──はっきり芽生え始める確信が、天木に、今後へ向け希望をも保証する。

それは、恋慕と言っていい。社交面でやや表情乏しい真弓も、むしろそれ故、天木の澄んだひたむきさに惹かれ、自ずと一体行動しがちな傾向は十分感じ取れるのである。

〈君が、……まだ、そこまで気づく余裕は無いかも知れない。けれど、ぼくはここで働き続けるため、これからも君と組まなければ、絶対上手くやって行けない。

そしてそれが、きっと人生全体についても、定められた間柄なんだと――いつか、その内話すから〉

16

人間、罪を犯すと孤独になるものだ。それが世間広く取り沙汰されずとも、本人がそう自認してしまったら、しこりは中々取れるものでない。

たとえ個人の厚い友情に支えられても――いや、こんな自分を、まだ信じてくれる相手までが哀れに思え、申し訳無く、余計後ろめたい――。


康君転落事故後、園職員間で天木は、人が変わったように協調性を見せ、真弓共々、勤務評価がグッと上がった。

従来の「柔和な反面、すぐ思い込みで突っ走る青二才」といった人物観は薄れ、少々演技過剰だがサービス精神旺盛。雑用も進んで引き受ける。

腰の低さから、園長に時々呼び止められ、来客に施設案内する広報役を仰せつかったりした。

仕事仲間として保育士達も、前よりずっと気易く話しかけてくれる。

が、彼の本音は辛かった。

重病人扱いされているような居心地なのである。無論、慈《いつく》しみに満ちた福祉現場ならではの良心だろう。


少数派気取りで彼女等と張り合っている方が、まだ楽しい。

あの真弓すら、同じ密接さにも拘らず、いずれ縁遠くなりそうな予測がよぎる。彼女一人取り込みつつ、皆を敵視する必要性——そうしてまで目指す独自目標が、もう無い。

——結局、負けたんだ、と、天木は悟らざるを得なかった。

落ちこぼれ、失笑される「のろまの康君」を、あれ程運動好きに育て、鍛え上げた段階で明らかな「勝利」だったのに。——間も無く、彼を生死の境へ追いやった滑り台転落——そちら側が、より強烈に残った。

「結果こそすべて」の世の中だが、己の焦りも災いした人身事故から辿ってみれば、康君が他の園児に肩を並べた目覚しいプロセス自体、どうも誤りの色を帯びて思い起こされる始末。

〈そんな事、無い……〉——打ち消せば打ち消す程、却ってのしかかる。やはり過失は重い。

尤も、康君が今後再び落ちこぼれ、疎外される恐れは、先ず無さそうである。

長い目で見れば正しかった、と言えなくないが、そう開き直れない矛盾が、天木を捕えたままなのだ。


彼自身、変化し始めていた。即ち、これまでの競争第一から「共棲《せい》主義」へと――。

康君問題も、〝体操少年〟なんか目指さず、あえてノロマなまま、皆と対等に付き合える道を探るべきだったか？ ――良い方策こそ閃かないが、姿勢面で、そう教えられる流れ。

何よりこの施設内――園児達や保育士達、上役や用務員、そして保護者等、それぞれ日常の交わり方そのものは、総じて和やかと言える。高校卒業後、他職場の経験無い上、康君一人にかまけたり――自分こそ視野が狭かったかも知れない。

毎日繰り返される生活リズムにしばし注意を向ければ、ここが園児皆から「我が家」と頼られて来た存在である有り難みも、次第次第納得できる。

〈やはり、愛なのか〉――。

営みの基本はそこだった。

しかも、誰か一個人でなく、万人に対し等しい慈愛――当園にて、有るべき人間関係はその実、脇役的な働き手から分かり易く発信されるようだ。

管理員室へ毎日三人ずつ、交替で寝泊まりし、日中も補助業務に携わる人々――泉自治会会員との連携が、天木にはなぜか取り分け興味深く思えてきた。

彼等は正職員でないし、言わば現代社会から落ちこぼれた階層だが、園では大変重宝されている。そのきめ細かい勤務態度に応じ、現金を一切出せない代わり、当市内独自の通貨「ヒイ」が支払われる点も、以前は「新発見」だった。


「泉自治会」と来れば、もう一つ別の側面に絡む。

天木は数年来、大不況を憂い、当地の革命的政治組織「巴団」に入会しており、現在も月一、二回は必ず本部を訪れる。

あまり目立つメンバーでないものの、勤め先がたまたま泉自治会とつながり深い事に目をつけられ、絶えず内情調査するよう求められた。

その彼、当初こそ快く応じたものの、段々、スパイ行為にむしろ懐疑を募らせた。生計の拠り所となる福祉法人や支援者を、半ば悪意で探れる訳が無い――。

今日《こんにち》ではごく表向き、当たり障り無くごまかしていた。泉自治会から園へ詰める交替要

166

員の名前や日程表を覚えて書き写し、月一回、巴団事務所へ報告する程度。

今回、彼が関心を寄せ直した「再確認」は、スパイ並みに執着心強く、しかし百八十度性質の異なる心理である。

〈自分も運営方法を、泉自治会から学びたい〉

そうする結果、園内事故で損なわれた自尊心が、かろうじて守り抜かれ、また、できれば彼等の役に立てたなら――とまで思い及ぶ。

「現場責任者」としての心掛けを仕切り直しする意味合いであろうが、それより、政治勢力からも一目置かれる泉自治会とは、そもそも何ぞや？ ごく身近で毎日社会活動する小団体が、妙に眩しく浮かび上がる。

それは巡り合わせを、より感じさせられる素朴な受け止め方。今後、保育士生活し続けるため欠かせない心の栄養素も、どうやら彼等からたっぷり吸収できそうなのである。

――園内の家庭的な雰囲気に、先方が影響された面も、無論考えられる。

只、経歴もまちまちな失業者組織を、長年成り立たせている好条件は恐らく「地域通貨」に違いない。市民生活レベルまで望めずとも、その報酬で最低限、衣食を賄える訳だ。とはいえ委託業者的な見え方だったため、これまで天木自身、全会員の顔と名前が中々一致しない有様。

丁度そんな折、泉自治会絡みで、或る雑誌社による保育園の取材が舞い込んだ。園長から頼まれ、施設案内もひと通り、難無く終えたが、これが天木の好奇心を決定的に刺激した。

実は過去、天木本人に、会員と直接交わる機会が十分有った。正式採用されて励み、少しは職場馴れした約三年前、〝泉自治会顧問〟と称する大塚清氏から、かなり詳しく説明して貰った事に思い当たった。

その頃使用の書類ファイルを開いたところ、勤務体制のみならず、市内で昔、同組織が誕生し、今日《こんにち》へ至った沿革もしっかりメモされている。

大塚氏が天木を特別見込み、行く行くは後任に迎え入れるつもりらしかった熱意さえ窺えるのだ。

そこでは、貧しい集団のリーダーとして「是端氏」なる年配者が、度々登場する。彼の慈悲深い信条・人生哲学を基礎に、全活動が成り立つような見解を書き留めた箇所も有る。

是端氏――この名も忘れて久しいが、再び辿ると、まだ駆け出し同然に要領悪い中で早く何か身につけたく、園内誰からも学ぶ気概だった日々が懐かしい。

古き良きノートは彼にとり、「資料」どころか、仕事上の原点回帰を促すきっかけすらもたらしたようだ。

羅針盤の有る無しで、航海は異なったものとなる。人生行路とて全く同じだろう。まるで発掘遺跡から古代生活文化を紡《つむ》ぎ直す如く、泉自治会関連の記録に当たる天木――他方、必ずや喉《のど》から手が出る程それを欲しい星林はじめ、巴団幹部の指示をも、併せ叶《かな》えつつある自己に気づきかける。

〈最終目的を違《たが》えてはならない……〉

しかし、魔物のささやきに身を売らぬよう戒める理性すら追い越す勢いで、彼の前に、新し過ぎる秘宝が次々明かされて行った。


――出会い立ての頃より、大塚氏は時たま、帰宅準備中の天木を呼び止め、喫茶店へ誘っていた。

彼から毎度聞かされる泉自治会紹介が、段々、〝会長〟是端氏の賛美へと高まった過程も、改めて合点が行く。

その大塚氏が或る時、やや勿体振った仕種で天木に、単行本三冊を手渡した――。

17

天木を突き動かす並々ならぬ探求心も「是端氏の人物像」へと、ほぼ焦点が絞られた。頼もしく気さくな大塚顧問をして絶賛させ、現在尚、全会員のチームワークを保ち、福祉現場へ毎日送り出している指導力とは？

ピンと来たのが、宗教的教えを通した一体感である。

「信仰の力」は、この領域で、欠かせない力となる場合も多い。当園におけるそれが何か——まだまだあまり見えて来ない。

ならば泉自治会の方は？　元々自前で持つ価値観……。

そこまで考え及んだ天木は、かつて大塚氏から贈られた単行本の一冊が、中身の、或る種教典めいた言い回しと共に脳裡で去来する。

推測すべて的中——とまで行かなかった。

ロッカー片隅の、着古した作業服や道具箱に挟まれる格好で、すぐ探し出せた単行本。

――『始まりの書』　沢井丸子著――


ごく薄っぺらいながら、それなりの立派な金ぴか装丁だ。

ところで、これは全国書店どこでも買える一文芸書か？　頭がこんがらがり、今一度、当時使用の書類ファイルに立ち返ったところ、大塚氏が「著書」に関し明かした件《くだり》も、若干記されている。

何でも、是端氏の思想に共鳴した沢井丸子女史が、そのエッセンスを分かり易くまとめた小説との触れ込み。


〈本当だろうか〉

天木はちょっぴり疑いかける。

「沢井丸子」なる作家が如何程の才人かはともかく、どうも大塚氏が語るところの是端氏像としっくり結びつかない。


是端氏が筆不精のため、彼に代わり「形有る物」を残した経緯は理解できるものの、久しぶり数ページ、パラパラめくった紙面から目に飛び込んで来る語句や文体でさえ、やたら理屈っぽく、頭で決めつけた構えなのだ。

過去、初読みした際も、そう感じた記憶が甦る。凡そ高齢者介護や、保育園手伝いに精を出す失業者仲間がモデルらしくも思えない。——もしかしたら、大塚氏の一愛読書に過ぎず、是端氏を只権威付けるために脚色されたのだろうか。

そろそろインチキ臭く興醒めし出す局面だが、別段裏切られた気持ち、という訳でなく、天木は当日、帰宅後、『始まりの書』を再び開き、前回と異なりじっくり読み始めた。

冒頭数ページ後、本書が記録小説よりも、評論に近い性格である点を一応呑み込めた。受け取り方次第では、確かに〝思想書〟となり得る代物。

だが間も無く、泉自治会活動との関係云々は、どうでもいい問題に思え出す。読み進む天木の目つきが、珍しい程張りを帯びて来た。

保育者として初心に返り、再起したい夢とも、実際どこか通じるようなのだ。

そして、もっと広い視野から、社会及び己自身までも問い直す秘訣を、手っ取り早く教えられる。

そこでは著者が、かなり気まぐれな即興感覚に任せ、人間や世の中を考えた過程が、箇条書きしてある。

内、第二章――「伝統」に関する項は殊の外、独自性に満ちる。

・「先人」は崇《あが》める対象か、それとも学ぶ対象か？　私なら、後者のみを選ぶ。

私達現代人は、例えば百年以上前、世の中で活躍した人々の功績を語る際、

「今、我々が健やかに暮らせるのは、彼等のおかげ」

「彼等の尊い労苦や犠牲が、現代社会をここまで築いた」

等と、よく絶賛する。その真偽を確かめる方法が有る。

今現在生きている私達の内、百年後この世で暮らす人々のため、命も惜しまず働く者が一体何人いるだろうか？　いたとして、それが後世どれ位、期待通り評価される、と信じられるだろうか？　――

百年前の人々には百年前の「現代社会」が、ほぼすべてであり、「未来」は、せいぜい孫が成人した頃をうっすら想像できる程度だった筈。

「先人達が果たせなかった悲願を、ついに成し遂げた」

――これも、面と向かい遺言を託された子や孫ならともかく、大抵、後世人の自己満足に過ぎない。もはや物言わぬ「先人達」から御墨付きを貰い、行為を正当化できる分、いかがわしさすら帯びる。

恐らく先人達は、自ら達成感を味わいたかった訳で、縁やゆかり薄い別時代人にお株を奪われる期待など持ち合わせなかっただろう。

視点を変えれば、「後々のため」と意義づけたからこそ当時、大多数にとり迷惑千万なところをゴリ押しできた計画だったかも知れない。

以上分かる通り、「遠い未来」も「遠い過去」も、これまで各時代の「現代人」が己に都合良く描き上げ、利用して来た「作り事」なのだ。

——私は決して、それらすべてを退けたりしない。但し、利用する上で「過去」・「未来」共、「現在」を支える両輪に当たり、上下差は有り得ない。

定義付けるなら、あらゆる時間は二者、つまり「現在」及び「非現在」から成り、それらの間で、私達も絶えず心を行き来させられる。

過去・未来を「非現在」と呼び、ひと括《くく》りして構わない。

「歴史は繰り返す」——古代知識人による有名な諺《ことわざ》。

ファッション界で流行するテーマや素材は、何十年か隔てた循環の周期が認められる。

また、古い映画のリバイバル公開さえ、若者層に結構受ける光景も思い浮かぶ。

注意すべきは、それらが必ずしも「郷愁」でない点。

人間は主に、生い立ち上の記憶から懐かしいイメージが湧くから、生まれるよりずっと以前、一時期流行った映画を見たら皆、むしろ「珍しい」と感じた筈。

「古さ」にも限界が来る事を知らねばならない。

他方、少年少女が、町や村の風景で、たまらなく郷愁を刺激される情は、度々起こる。

――「懐かしいから古い」とも限らないのだ。

時代の流れを旅に譬《たと》えたら、どうだろう。

昨日A町→今日B町→明日C町……異なる地方を、毎日移り住む。私達の生活はそんなもの。

昨日訪れた場所故、A町はB町よりも古いだろうか？　C町の次、明後日《あさって》またA町へ戻り、泊まり直してもいい。

勿論、C町がB町より新しい訳でなく、只「明日訪れる場所」に過ぎない。そして、三町の関係に優劣を定め、格付けるのは全くナンセンスである。

たとえ標高や地形が著しく異なっても、それは「特徴」でしかない。各町ならではの景色や産物をたっぷり味わえば、滞在中、居心地好く過ごせる。

昨日とは「A町」、明日とは「C町」……それぞれ特徴を持つ単なる「今日」なのだ。朝・昼・晩が巡って来る事は有っても、「明日」が訪れたり「昨日」が去ったりする訳じゃない。

人間が直接触れる日時は「現在」、即ち今日のみであり、「明日」や「昨日」は器と考えて良い。

〈確かに、その通りだ――〉

　読んでいて天木は、ごく素直な共感を覚える。少なくとも彼にとり初めて出会う考え方だが、肩肘《ひじ》張った「お高さ」が無く、特定個人を持ち上げたり、攻撃もしない。

　これが、果たして社会活動用テキストたり得るか？　疑問は余計、増幅し、脳内を矛盾で被ったまま根づいてしまった。

「現場の臭《にお》い」が全然しないこうした観念に従ってこそ、貧しい身で泉自治会会員が、毎日すがすがしい気力を保ち、働き続けられるとすれば……。

　丁度それは、当園で、今後変わらず心広く児童福祉に生きるであろう正規スタッフと、或る程度以上重なる姿かも知れない。

　集団一人一人、出身を同じくするかに仲良い先輩保育士達が羨ましい。若く書生っぽい真弓も、いずれ、角が取れて行く。

　稀な男手である自分のみ、先々も変わらず多少浮いたキャラクター――そう思えてならない。

　彼は、保育実践に向け、能力とぴったり合う目標さえ持てば、職場ですぐ生かせ、評価される仮想を抱きかけていたが、今日《こんにち》までこれだけ頑張ったのに、全く簡単でない。

やがて、努力を正しく受け入れてくれないのは、仕事仲間よりも、他ならぬ自分自身？と、自然気づかされる具合だった。

疎外感こそ感じないものの、なぜ、こう惨《みじ》めなのか――他の保育士等を羨ましいのでなく、己が、どこか疚しいのだ。

よく見渡せば園内で、芯から誰かに心を開き、コミュニケーションできる自信は持てない。

保育士が敷居高いなら、いっそ泉自治会会員と――またそんな風にも行かない歯痒《はがゆ》さ。

〈……そうか、俺は、あそこの有力な一員……〉

その時フッと、縺《もつ》れがほどけかけた調子になる。今の今まで、あまり考慮せずだった背景――それは、政治結社「巴団」である。

職場側で長時間過ごす内、忙しいため、いつも、つい忘れてしまう。

もしも己が純然たる一個人として保育園勤めする身なら、若手男性の手前、同じ保育士達の輪に、もっと容易く溶け込み、結構もてはやされただろう。実際、ここでも、そうなりかけていた。

にも拘らず自ら一歩引き、乾いた態度で済ませがちなのは、ひねくれ性でなく不安から——即ち「正体」を知られたくない自重だった。

ほぼ月一回、巴団本部事務所へ通い、与えられた任務をきっちりこなす天木。

それが、政治的思惑で保育園業務をスパイ探察——となると穏やかでない。「協調」どころか、敵対関係に転じる恐れも……。

焦点は巴団そのものへと移る。

ようやく判明し出したのだ。

〝閉山不況〟下の日入市で、大量失業者達を救うため「革命」煽動も辞さない政治結社。その雄々しい謳《うた》い文句に吸い寄せられ、忠実なメンバーであり続けた事を、天木は過去、他所の誰にも話していない。自身ですら普段、心奥へ閉じ込めている。本部へ出向く回数の少なさが、一応それを保たせた。

加入後数ヶ月経ってから、彼は内心、同団体の、看板と掛け離れた実態を感じ取った。決して乱暴狼藉を働いたりせず、そこそこ人あしらいも良いが、基本方針は打算的そのもの。「失業者問題解決」の甘言で人心を摑んだ上、団長＝星林氏が政界等へ躍り出る、という出世シナリオである。

　そして、どうやら星氏の選挙当選を以て「革命完了」となる――。

　怪しまれぬよう、個別スローガンも適当に全部応えねばならず、その所為か日常活動は、金や利権と結びつく要素で満ち溢れている。

　これまで数十回事務所通いし、薄々摑めて来た中身は、商取引に関する方面だった。相場に左右され易い農産物や、あらゆる工業原料の最新価格を一部投機筋に教え、毎度、一定手数料が入るようだ。

　それだけ全国から寄せられる問い合わせと、有力な情報源が噛み合っているのかも知れない。


　聞く所では星氏自身、慎ましい身なりに似合わず、相当資産家らしい。


　反面、失業者に一番待ち遠しい救い――再雇用や格差是正等、社会生活全般に亘る将来像が語られた覚えは皆無。

　勿論、身近な衣食住の場を用意したり、雇用創出にも、先ず資金稼ぎが充実せねば公《おおやけ》に打ち出せないだろうが。

もしや自分こそ、そこへ文化的な香りをどんどん吹き込むべきでは？　と、天木は思い立つ。

なぜか、他の適役を考えられない。今、丁度橋渡しできる立場に居る。


六月十一日、ほぼ定例の「月一回」に当たる本部事務所への報告日、早速、天木より武井副団長へ、『始まりの書』が手渡された。

「これは今後、組織、ひいては町社会再生の上で、見逃せない羅針盤です。ぜひ一読されたい」

と推奨し、取り敢えず所内数人分、近々購入して配るよう、強く申し添えた。

〈政界へ乗り出すより前、巴団自体の改革が必要だ〉

元々の集団理念を実らせるためなら、自分が保育園勤務から得られた教訓は、きっと役立つ。取り分け、泉自治会を精神面で支えているらしい『始まりの書』――あれを巴団員に広めたい。

どうも彼等こそ、同書が欠かせなく思える。具体的効果まで一つ一つ見通せないが、曲がりなりに長年、泉自治会を生き生き保たせ、結果、どんぐり保育園の気風に寄与する実例からして明らかだろう。

アイデアは、志へとつながり行く。ドライな商業主義が勝り過ぎる巴団へ、福祉観を持ち込み、もっと人間性を求める事で、一般市民までしっかり政治に注目させる。そうすれば期待が正しく生かされ、町々もいつしか一家庭の如く、市民同士高め合える世界になるかも知れない、と。

罪を犯したくない。打ちひしがれた人々を励ます素振りで、只票集めだけするような偽善団体になって貰いたくない――天木の願いは、一団員として「我が身」を意識する分、以前に無く切なる使命感を帯びる。

・私はここに、大家族が庭先で揃った記念画を描く。

お父さん、お母さん、お祖父《じい》さん、お祖母《ばあ》さん、青年男女、子供、赤ちゃん――各々の胸部分には、透き通った丸い玉が小さく、一個ずつ映っている。

それこそが、人間として彼等を成り立たせている核＝魂、即ち命である。

丸い玉達は、いずれも等しい大きさ、形、質を持ち、別存在でありながら、比較できる差異が一切無い。

人格とは、そういうものだ。赤ちゃんも大人も、老人も、男女も、実は同じ値打ちとみなしていい。

「『丸い玉』なんて有り得ない。目に見える現実のみがすべてだ」と、反論されるだろうか。

そんな割り切った方々に質問したい。彼等家族像で、あなたがおっしゃる「現実」部分とは、どれなのですか？　ここに集う人物達の一から十まで、私が勝手気ままに思いついた絵空事に過ぎませんよ、と――。

もし、実物を写生する場合でも、顔の形や肌色、人相等、大体昔教えられた「画法」を頼りに拵《こしら》え上げる訳である。創作時、体調や精神状態から、見た目通り表し切れなかったかも知れないし、絶対欲しい微妙な色合いの絵の具を二、三色、持ち合わせていなかったかも知れない。

描く時間帯の陽差しによる印象も様々な上、「生き写し」の傑作ですら、絵の具や画布そのものが、いずれ少しずつ変色・変質する宿命を持つ。


また、彼等一人一人の年齢というものは決して、描かれた「当時」で固定されない。お祖父さんが「お祖父さんの姿」のまま生まれ、この世の七十年余り過ごしたり、赤ちゃんが七十数年間、「赤ちゃんの姿」であり続けたりしない。

となれば、たとえ精巧無比な写真であっても、人物像の「現実」なんて、見極められる基準が無い。

彼等は、異なる年齢時の姿が偶然寄り集まったと同じ状態であり、皆それぞれが赤ちゃん時代から、老人時代まで有する前提。

そんな、あたかも万華鏡飾りの位置取りに似た「出会い年齢」の一組み合わせを、只写真に収め、「揺るぎない現実」とみなせるだろうか？

無論、実在した証拠になる。

しかし、万華鏡内の模様が只一度だけ成り立つと同様、撮られた時点、家族の〝正しい姿〟も、その写真一枚以外で確かめる事は永遠に不可能なのである。

「現実」が、如何にあやふやで、こじつけを伴う概念かお分かりだろう。

「一を測って十を導く」統計学ならいざ知らず、それが現実、あるいは事実という理由だけで、例えば家族写真一枚から、写された個々の生い立ちや人柄まで正しく確かめられる筈が無い。その上、厳しい家風が表情に滲み、皆、やたらかしこまって並んだりする場合も結構有る。

もし一度、公平・客観的に眺めたければ、少し操作が必要となる。

先ず祖父母部分は、彼等が青年期だった頃の顔写真を切り抜いて、それぞれ真上に貼り付け、赤ちゃんなら、その二十年後を予測した人相画――という具合に全員似通った年代へ近づけ、均してみたらどうだろうか？

同窓生のような対等さが、彼等を、より賢《かしこ》く比べさせてくれるに違いない。

——いや、そんな手間をかけなくても、やはり、あの透き通った丸い玉を、各人一個ずつ描き加えるだけで十分。

玉こそ本体であり、一個人すべてに相当する。玉と、それぞれが宿っている体——老人であれ赤ちゃんであれ条件に拘らず——が、お互い分かち難く組み合わさり、或る「その場」を形成しているのだ。

そこでは、一堂会した時点の年齢差から来る上下関係や立場さえ、本当は「役割の違い」でしかない事が証される。

全く値打ち等しい丸い玉達が、親や子・兄弟姉妹・老人や赤ちゃんといった役柄に分かれて宿り、己を精一杯演じている。

年齢・性別・能力差をも「個性」として受け取り、わきまえたい。人間関係は、大人なら「大人」、子供なら「子供」という個性に包まれ、しかし中身は質・大きさ共すべて同じ丸い玉同士の触れ合いだ。

玉自体は「若さ」や「老い」と一切縁が無い。

私達は毎朝、振り出しへ戻り、様々な「今日」のみを過ごしている。過ごし方のパターンも無限。同じ習慣が幾度繰り返されようと、今、これから味わう体験は常に新しい。

あなたは「あなた」、しかしあの人も、「あの人」という器に入ったもう一人のあなた。喧嘩したり仲直りしたり――それが結局、心や体内で時々催す自覚症状と同じである点を理解して欲しい。

なぜなら「世の中」自体、あなたの誕生をきっかけに発車し、走り続けて来た乗り物なのだから。

（『始まりの書』第三章より）

18

巴団↓どんぐり保育園↓泉自治会、と進み、月刊クリヤの特別取材は、そろそろまとめにかかる山場を迎えた。割り当て日数も残り多くない。

津田隆夫はそれらの内、泉自治会関係――即ち是端老人及び、沢井丸子女史から聴き取った見解がそのまま利用できると考え、取材レポート作成に着手。

比較的調子良く七割方書き進んだものの、以後、なぜか足踏み状態に陥った。

これ程盛り沢山な社会的素材は、他、全然知らない。遅ればせながら姿勢の甘さをひしひし痛感する。

デスクより与えられたテーマが、ここへ来てすっかりブレてしまい、上滑りにさえ思える。「収穫控え、嬉しい悲鳴」ならば感謝すべきだが、何やら嵩《かさ》高く、今取材一回の枠内でとうてい収まりそうにない。


当初、「斜陽の町」日入市は如何に立ち直りつつあるか？　を示す具体的な実例――ここ数年、黒字に転じた中小企業を三つ四つ探し出し、詳しく調べ、それら経済刷新の共通点を浮かび上がらせられれば上出来――と、慢心していた。

一方、特命を帯びた「巴団の謀略」関係も、殆どガセネタ扱い。その筋から国際犯罪説まで届いていようと、雑誌記者が独自に入り込める範囲は限られる。

一応、団体メンバーと会うだけ会い、形ばかりコメントして貰えば、後は地元新聞社を訪ね、過去、この大袈裟な噂話がどう報じられて来たか、聞き込む予定だった。

どうせ両者共、核心に触れず、やんわりかわされるだろう事は承知の上。


ところが、いざ初めて降り立った当地は、思いの外伝統色濃い、中規模な近代都市であり、見た所、荒廃イメージとあまりそぐわない。

街角がとても清潔だし、買い物等も十分便利だ。

只、人通りは少なく、落ち着き過ぎた雰囲気が何か独特で、「停滞感」とも解され、一筋縄に行かない。

その生暖かく、もしくは肌寒くもある空気がどんより淀む中、何週間も身を置く内、確かに様々な変化の兆しを窺い知る機会を得た。

或る所は瑞々しい若芽であったり、はたまた粘っこく増殖するカビだったかも知れない。それら「兆し」をつなぐ共通因子が、出張前念入りに教えられた「経済的どん底」、しかも遠く海外勢力にまで深く関わる背景を裏付けてもいる筈だが。

〈病み疲れた世情を訴えるような、この重い停滞感こそ、分析の対象であったか〉

と、隆夫は今一度、捉え直す。己一人思い入れによる結論？　だが、当地で人生初めて味わえた事象も甚《はなは》だ多く、決して個人体験レベルに位置付けられない。何より記者勘が、強くうごめき出したのだ。

やはり危険は進行中――表向き、得難い希望を確約しながら……。最も謎めいた巴団へ向け、彼の探りもいよいよ的が一つに絞られて来た。

巴団――一体何を将来目標に営まれる組織か――さっぱり分からない点が、隆夫にとり、日入市自体の風土まで奇異なものとさせている。

一番目に当たった取材相手が彼等だから、止《や》むを得ない所以《ゆえん》も有る。

――そこでは、文字通り「地下活動」が為《な》されていた。経済分野に限られた闇情報の提供らしいが、それだけ好機を狙い澄ます緊迫もみなぎり、部外者には少々息苦しさを覚えた。

但し、仲間入りしたら、あの連帯感が堪えられないのだろう。

気懸《が》かりは方向性。どういった階層と利害を同じくするか？　手持ち資料が断片的だし、中々奥側を読めない。

先ず、日入銅鉱山閉鎖に伴う大量失業者救済、という「革命」スローガンを掲げ十数年来、同市内で顔を売って来た。

一方、失業者達は近年、鉱山跡地で工場を新設されたＫ商事グループ寄りの化学製造会社へ、一部再就職しつつある。

このスポンサー格である大手流通卸売会社幹部に対し、巴団の星リーダーが、秘められた血縁故、有利な権益を持つ、との話。

実際上〝革命〟は、近い内いつでも起こり得る。即ち、系列企業により失業者を順次復職させるK商事——そんなK商事に直言できる星林、という構図で。

閉山の際は「K商事による日入市乗っ取り」と揶揄《やゆ》されたものだが、今度はそこへ以て巴団がK商事乗っ取りを企てるとすれば——恐ろしい。傍若無人な一個人の思うまま多国籍企業を操り、果ては、域内事業所に経済依存する地方行政まで「右へ倣え」させられる。

しかも公約通り「失業を一掃」できたなら星林は、まさしく良き意味で革命家＝英雄扱いだろう。


——だが、どうやら、そうはならない。

かなり条件が整ったにも拘らず、ここへ来て雇用問題と、真面目に取り組む姿勢があまり見られないようだ。

もはや掛け声倒れ、と言っていい。


最新情報から読み取るに、今、星の関心は通貨対策へと移り始めている。

元々政治家タイプと思えないが、選挙で人心を摑む以外の、手頃な〝日入市乗っ取り術〟が編み出されたかも知れない。そこに、「失業の町」でもう一つ、最下層から重宝され出した「地域通貨」の実像がクローズアップされる。

彼が最近計画したとされる「地域通貨鋳造案」は恐らく、流通圏を現状で固めず拡大し、草の根レベルから公益事業へ格上げする狙いだろう。

——通貨を握る者が社会を制する——。

地域通貨は、地域限定でなくなった場合が怖い。使われ方次第で、国貨の効用を弱める毒ともなりかねない。

本来、暮らしに恵まれない者同士が心通わし、支え合う証《あかし》として、それは優れた手段。が、当人達の顔が見えない位広がり、一般化してしまうと、一人当たり僅かなその恩恵すら、利用者から通貨発行元のみに還元し、半ば吸い取られる訳である。

星が、そちらへ向け動き出した形跡も既に有る。

隆夫自身、その現場を押さえたと、今では確信している。取材六日目、鉱山跡地で調査中、偶然、星以下、巴団の連中が間近に居合わせたのだ。

草陰から探った限りでは彼等が、生い茂った土手を指差し、盛んに相談していた。

〝先代〟より引き継がれる経過と照らし、最初、新鉱脈の採掘予定地でも見物中かと、隆夫も勘繰らない訳に行かなかった。

とにかく強く臭う場面——在りきたりな草茫々《ぼうぼう》の土手を前に、いつも大変クールとされる星リーダーがだらしなく表情崩し、仲間と喋る際の浮《うか》れ気味な上機嫌も、却って異様だった。余程嬉しい話題らしい。

思い返せば、あの斜面のどこか一ヶ所――トンネル？　それこそ坑道跡にでも――宝物が隠されていた筈。きっと、その管理を巡る隠密行動に違いない。

内容も、玄人目を要する希少金属の鉱脈などでなく、ズバリ「銅地金」と読めた。

閉山後、Ｅ金属鉱業倒産に伴う資産整理中、精錬済の銅や錫・亜鉛が、莫大な在庫で確認された。

所有権はさておき、星がそこに目をつけたという噂や、硬貨鋳造計画に見事一致する。

無論、星の経歴からすると、「宝物」が麻薬類他、密輸物資だった線も全く考えられなくはないが……。まだまだ不確かな要素が勝り、憶測のみで軽々しく決めつけられない。

ともかく星は焦っている。それだけ勢力基盤が育たず、足元の政治活動すら、このままでは先細りしそうな状況なのだろう。銅塊を隠したらしい廃坑道口に、自ずと顔ほころばせる彼の挙動が暗示的？　――そうした推理がどこまで正しいか、裏を取る意味でも、ぜひ関係者に、包み隠さず証言して欲しい。

と、なると、思い当たる候補は只一人、保育士――天木五郎だった。

隆夫は二週間程前、あの鉱山跡地で、星と同じ位、天木の姿に衝撃を受けた。薄黄色いジャージ上着等、服装も一度覚えたものだし、人違いの可能性は先ずゼロ。とにかく彼の随伴自体が――。


どんぐり保育園取材にて、身軽に施設内すべてを案内してくれた好青年は、その器用さが、今思えば「勘違い」かも知れなかった。

〈元々、巴団の一員なのだ〉――。


巴団が彼を、なぜあそこに送り込んだかも察しがつく。泉自治会を探る目的である。そこに地域通貨が絡んで来るのは間違い無い。

天木自身、もうヒイ紙券の利用者であってもおかしくない……。


ヒイ紙券が、彼を通じて星の手に渡り、分析・研究の末、或る日突然、硬貨に変身、市内各所で出回るのだろうか。

予想外にハイペースのシナリオが展開しつつある？　隆夫も段々、芯から危機感を催し出す。

当面、打てる手は全部打たねばならない。

事前情報だと詳しい戦略にまで触れられていないが、銅にまつわる巴団の怪しい噂が俄然、真実味を帯びて来た。手始めに、泉自治会で成功した経済シンボル＝ヒイ紙券流通網を、そっくり横取りするつもりらしい。力関係からすれば、その実現はさ程難しくない――。

隆夫は、マスコミの社会責任という観点からも、ぜひ犯罪行為を食い止めたい心理に駆られていた。

巴団を、上手く解散させる手立ては無いか？　いや、幾らか「健全化」する工作なら、まだ間に合うかも知れない。

取り敢えず、泉自治会やどんぐり保育園といった〝堅気〟圏内ともつながる天木五郎を、しっかり取り込む策――二重スパイ的な利用が望ましい、と考えられた。

現時点で、天木が知る巴団内部の様子を洗い浚《ざら》い喋らせるだけでも、相当な前進であろう。そのためには、天木が油断してくれなければならない。

〈こちら自身がスパイを演じる……〉

我ながらなぜか、条件とぴったり嵌《はま》る妙案に身震いする隆夫。巴団との間で、重大情報を有利に取引できれば、それ以上望ましい展開は無い訳だから――。

19

隆夫の挑戦は、日を置かず開始。

どんぐり保育園へ出向き、早速、天木保育士との面会を求める。

前回聴き漏らした諸点の再確認、という理由付けに、先方も気易く応じてくれた。

園児達が昼寝に入る午後二時頃、ガランと空いた二階遊戯室の片隅で、素朴な四角い木製小椅子を寄せ合い、休憩がてらのんびり雑談風に語らう。

何度訪れても、天木の受け答えはそつが無い。珍し過ぎる来客をもてなす心意気は本物なのだろう。

有り難い反面、隆夫にとっていささか面映ゆい。万一仲良くなったら、相手を罠に嵌《は》めるのがためらわれそうだ。

自分もできるだけ、同じ巴団寄りに位置取り、新しい取材成果を餌として使い、引きつける他無い――。

先日、初めて泉自治会で是端会長と出会い、彼一流の世直し構想をたっぷり教えられた話に、天木は強い興味を示した。

また運営上、「ヒイ紙券」で通じ合う市民同士、どのような扶助が好まれるか――生活センス面まで、相当幅広く理解できた模様。

一方、隆夫が手に入れた情報は全部、これまた泉自治会関係。保育園へ通って来る人々の仕事分担や時間割等、決まり切った体制の解説ばかり聞かされ、何とも引き合わなかった。

天木自身、巴団組織と、案外間接的な付き合い方なのかも知れない。確かに、本部事務所で常勤する団員と比べ、天木の参加機会はずっと少ない筈だし、ここ園内で、彼一人秘め持つ側面だから普段、埋没して当然か。

それでも、彼が〝地下活動〟の最前線に当たる事は絶対間違い無いが……。

そこで隆夫も、作戦変更を迫られる。「情報交換」は殆ど期待できない。

巴団関係も、むしろこちら側が詳しい位――。となれば、その手持ち情報を直接相手にぶつけ、攪《かく》乱させせる方が適切かも知れない。

隆夫は一瞬、深くためらう。己の器に照らし、そこまでやる覚悟は大丈夫か……。だが、星の悪質極まる支配欲を食い止める場に、他の誰が居合わせる？　もし、そう問われたら、やはり見て見ぬ振りはできないのである。

公権力を頼るのは、まだ大層な事だし、――恐らく、こういう曖昧な形のまま事態がどんどん進みそうだから、多少個人的冒険でも、やれる機会にやっておこう、と思い直す次第。


一体、どう切り込めるか。――星が、国際大企業の資力や、独自に持つ地下経済ルート、加えて地域通貨まで取り込み、行く行く「不正貿易圏」を確立――。……話が大き過ぎる。容易く信用させられまい。

お互い腹の探り合いレベルで、いきなり本題を出せば、こちらの不利も否めない。

第一、天木が星林、いや巴団のそうした闇部分を全然知らずして、重い役目を任されたとはとうてい思えないのだ。何年目の所属であれ、普段、少しずつ小耳に挟んだり、仲間同士触れ合う内、追い追い察せられる事柄だろう。

今回、人騒がせな陰謀が、遥か外部まで漏れ伝わった背景に、「勢力争い」の一大展開を想定させられる。

ヒイ通貨が地元の下層経済にもたらした効用から、巴団も類似の「連帯シンボル」を広め、かつ〝宿敵〟泉自治会を弱体化できるなら一石二鳥と――。

ところで、もう一つ別の発見は、保育園にて、天木が幼児達を世話する打ち解け方。隆夫相手と比べ、同じ笑顔もガラリと変わる。「内と外」をきっぱり区別し、自己の人格さえコントロールできるらしい。そこに「愛社」的な強い仲間帰属意識が見て取れる。

駆け引きに臨み、隆夫は次第次第、要領が摑め出した。天木の功名心を目一杯利用する方向から突っ込もう――手柄となる餌、そして中へ仕込む〝釣り鉤〟が決め手だろう――。野次馬根性や記者魂も、いよいよ燃え盛る勢いである。

三回目面談の席、隆夫が天木に働きかけた姿勢は、巴団追及への〝誘導尋問〟でなく、はっきり己を「泉自治会側」と位置付け、相手に求めさせるポーズが目立った。前回明かした是端氏取材を軸に据え、そこから発展させる。

――あの日、私はとても重い任務を是端氏より託された。彼自身、余命が知れている、と覚った上だろう。

泉自治会は昨今、結成以来の賑わいを謳歌している。その原動力がつまる所、地域通貨

「ヒイ」に他ならない。そして是端氏曰く、このヒイこそ、泉自治会がこれから起こす革命をも成功へ導く光だと――。

隆夫は、天木がお定まりな応対顔でなく、真剣そのものの眼差しを向け始めている事に即、勘づく。仕事途中という時間枠すら忘れたかに……。

――是端氏は戦う。だから、なるだけ若く、活発な味方が欲しい。「革命」と名付けたのも、敵方が、大衆を惑わす革命スローガンを打ち出したため、それを追いかける構えで、自ら奮い立たせている。

敵とは――政治結社「巴団」――。

天木の頬が火照《ほて》り、汗ばんで来る。隆夫は、丁度、釣り糸垂《た》れた川面上の「浮き」が僅か揺れたような手応えに生唾を呑む。

〈よしっ、行けるぞ！〉

――是端氏から与《あずか》った秘密を、一部分、あえて教えよう。

実は、ヒイ通貨そのものが、巴団への対抗手段なのだ。

今、巴団は、ヒイをそっくり取り入れた上、銅貨に改め、発行権を独占する魂胆だが、そこを見抜き、是端氏も何か際どい罠を仕掛けたらしい――。

「……どんな罠なんですか？」

努めて冷静に問う天木。話半分、推理小説で謎解きする類《たぐい》の興味を装う一方、是が非でも知りたい様子なのである。

――具体的な中身まで分からない。只、もし巴団がヒイを取り込み、手前勝手な新ルールで再流通させたりすれば、早晩、彼等が隠して来たとんでもない犯罪性も、見る見る漏れ出し、世の中大騒ぎとなるだろう――。

極度の高ぶりを、もう抑え切れない程変貌しつつある天木。空間数十センチ隔てた隆夫まで鼓動が伝わるような息遣いだ。

恐らく彼の胸中は、同志として巴団員を案ずる気持ちと、その知られざる暗部が仄めかされた戸惑いで縺《もつ》れ合う具合だったろう。

今だ、とばかり閃き、隆夫は、当初準備された星林のプライベートな重大疑惑を次々暴露し始めた。

相手が九割方疎《うと》い優位を踏んだ故であるが、二人会話する内、意識の差から生じる個々微妙な流れが、取り分け隆夫の口振りを弥《いや》が上に過熱させる。

決して素直な望みや信念でなくても、構わず引き金を引く心理。こうする事が結局正しい、と断じる力により――その源は一体何なのか？　星林の危険性にどんどん深入りしたあげく、

「巴団こそ、かつて日入市を大不況へ叩き込んだK商事の手先」

とまで説き伏せる弁舌。

そこには隆夫個人よりも、先般会見した是端氏の容貌が入れ替わりで浮かぶ程、濃い情念を滲ませているのだった。

20

天木五郎の評価に関し尋ねられた武井副団長は、思わずビクッと向き直った。どこで、そんな名前を知ったか、納得行かなかった？

事務所内がひどく気まずい空気に染まるのを、隆夫も感じ取る。

巴団訪問はこれが、まだ二回目という点に不注意だった。

天木が巴団とつながる関係を、彼本人から確かめられる筈は無く、これまで発言に一切

上っていない。

先日来、彼と差し向かいの面会で、こちらが「ヒイ紙券の特殊性」をあえて誇張した際、「泉自治会の唯一敵対勢力」たる巴団に触れはしたが――。情報を持つ者の慢心が出たかも知れない。


当初、天木個人に対しては、あくまで「保育所職員」、即ち泉自治会寄りのポーズを受け入れた上、対話中、知らず知らず正体がバレるよう誘導するつもりだった。

「身近に巴団からスパイが来ている」

と、後日、是端氏に警告できる証拠捜しでもある。


ところが、ルポライターとして境界を守れず、油断したのは隆夫の方だった。

相手が警戒に転じたか、巴団再取材は、取って付けたような随分不毛の中身となった。


この調子では、ちょっとまずい――。

浜岡ビルより退出後も、重苦しく、取り返しつかない気分の隆夫。別段、荒々しく摘《つま》み出された訳でないが、余計な所を突《つっ》いた感触のしこりのみ、くっきり残る。

天木の、巴団員たる身分は恐らく明らかな事実だ。それがどれ位、公《おおやけ》にできる性格のものか。

もしかして絶対タブー扱い？　――まだ認識無い内に漏らし、手の内を読まれたらしい不安が惜しまれる。

あるいは応じ方次第で、今後、天木本人の動向すら左右しかねない。

そう思うと、天木側にも少し予防的な策を打っておきたくなり、その日の内にどんぐり保育園へ、また向かう事にした。

残念ながら、お目当ての天木保育士のみ、「正午前に早引きした」と、事務員は笑顔で返答。

〈病気だろうか……〉

皆目分からないまま、隆夫は、あっさり引き下がる。午前同様の失敗を繰り返しそうな雲行きが案じられたに違いない。

二日後、保育園へ出直したところ、またもや天木不在。

あの責任感の塊《かたまり》みたいな男が？　と、隆夫も訝《いぶか》り、今度ばかりは腹を括《くく》って就業中の保育士数人に、所在を聞き込む。

意外な理由だった。天木は朝夕等、忙しい時間帯に必ず姿を見せ、ひと通り皆と働くものの、先週半ばより、日中殆ど外出してしまうそうだ。

行き先は、某弁護士事務所、との話。

隆夫は胸がざわめく。

〈とうとう動き出したか〉

身の引き締まる局面。

保育園業務に通常、弁護士と関わる必要なぞ有り得ない。天木が、何事か告発を目論んだ上、相談している個人行動だと確信できた。

大方、狙い通りらしい。尊敬する星リーダーの人格に不審を抱いた結果、前歴や交際関係等、一度洗いたくなった――そう考えるのが自然である。勤めを放り出してまで、根詰《こんづ》めざるを得ない用事となれば。

それ程、先回面談時、隆夫から受けた告知は、毒気と言おうか、ひた隠された真意の持つ説得力に満ちていた。

天木が寝返る以上、中途半端じゃなかろう。それこそ組織全員に一切内緒の筈。

相当、危うさが伴う〝博打〟である。


隆夫は反射的な興奮の一方で、素直過ぎる青年を操り、今後窮地へ陥れるかも知れない懸念も、依然引き摺っていた。

巴団事務所で、うっかり天木を名指しした件について、もし跡形無く修復できるなら、今の内、ぜひやっておくべき……。

彼が核となり、いずれ巴団を自然解体させるよう導くため、時間稼ぎも欠かせない。


幹部連中には、相変わらず、〝野次馬記者〟的なしつこいネタ漁りを装い、安心させよう。

隆夫も、自ら割り当てた脇役の殆ど信じ難い無謀さを覚りつつ、これが一生一度限り、社会の膿出しに立ち会う試練なんだと、納得し直し、勇み立つ。

事の進み具合からして、もう、引くに引けない――。


浜岡ビルの暗い地下階段を通り、横井絵美とペアで巴団本部事務所へと降り立った津田隆夫の眼前に、小さく貼り紙されたドア面が立ちはだかる。

――「月刊クリヤ記者、入室お断り」――

ギクリと静止し、我が目を疑う隆夫。貧弱極まる細長い蛍光灯で、ほんのり映えるその書き付け――何度読み返しても、文字が伝える意味内容は変わってくれない。

結社を象徴した三つ巴紋彫り込みの銅板と併せ、何か魔除けでもあるかに顕在する。

「野次馬」どころでない。巴団ははっきり、隆夫等を敵方とみなしたのだ。

――もし、何の表示か全然気づかず、勢い任せで先にノブへ手が伸びたなら、思惑通り面会可能だったろう。

しかし今朝、隆夫側も半ば煮え切らず、渋々行動していた。

相手の心証が改まるような旨い話を持ち合わせない以上、仮に会えたところで環境は同じ。

只、先日失敗した、との記憶が単なる思い過ごしであってくれれば、初心へ戻り、万事を第三者らしく取り繕《つくろ》うつもりだったが、そのチャンスはすげなく払い除《の》けられた。

これから自分も、巴団を暴く側の身となる――関係を定める証がとうとうここに示され、否応無く次の一手へ向け、意志は流れ始める。

何より機敏な対応が急がれる。

新たな過程を迎えた隆夫。浜岡ビル地階の、風通し悪い通路内ではや、心はどんぐり保育園を目指していた。

とにかく、何とか一度、天木を捕《つか》まえよう。真相を知る方が先決だ。なぜなら、彼自身にとっても先々の命運がかかる。

鍵となる唯一無二の〝参考人〟。だが、ここへ来てことごとく行き違い、会えない。

「どうしてなんだ」といきり立つ程、隆夫は焦り、狼狽しており、第一線記者の自覚がかろうじて、投げやりな「ごまかし」を思い止《とど》まらせ続ける。

今日、また同じく、保育園に天木不在。しかも一昨日から全然見えず、無届け欠勤だと言う。

世話好きそうな青年が、保護者から託された幼児達や、働き良い職場を忘れ、どこかに缶詰めになる理由とは一体何か？

もう引き下がれない隆夫は、天木が行き付ける弁護士事務所の所在地を尋ねたが、玄関ホールで居合わせる皆、答えられず、狐につままれた様子。

ならば庶務担当者に――と、職員室へ向かう途中、ごく若い保育士が一人、廊下を追いかけて来た。

大粒で強い目つき、細身なのにふっくらした頬の女性だ。確か初回訪問時、天木の傍を絶えず補佐的に動き回っていた姿が記憶される。

「私、少し聞いてます。

親戚だけの集まりで、従兄《いとこ》のタケイさんと大喧嘩したそうです。

『あいつら、獣《けだもの》以下だ。一人残らず訴えてやる』と、凄いけんまくでした。きっとあの人、本気なんでしょう」――

緊張で汗だくとなる隆夫。

何とか、天木の住所だけは聞き、書き留めた。

追い着けない速さの生々しい展開に、そろそろこちらも、内なる闘志が滾《たぎ》って当然な位だが、今回、事情は異なる。

脳裡で、女性保育士が口走った「タケイさん」と、巴団の武井副団長が即、一致した。

巴団と天木個人との間でトラブル発生——双方共、疑心暗鬼を募らせている。

薬が効き過ぎたのだ。

隆夫としては、天木が一番探りたい「ヒイ」に関し、むしろ巴団を損なう罠が仕掛けられた可能性をやんわり伝え、いずれは星に、ヒイの硬貨化を断念させる方向へ持ち込んでも構わなかった。

実相だと、天木が自組織＝巴団に重大な偽善性を見出し、持ち前の良心から、早速内部告発を開始した——星の素生はもとより、K商事の国際陰謀まで一切知らず、調子良いスローガン通り信じる気概を覆《くつがえ》され、激しく反発した模様だ。……致し方無い。

巴団事務所でうっかり天木を名指ししたと同様、是端氏発の「巴団と競う革命」を、あたかも抗争風に色付け、表現した点が勇み足であったかと、隆夫は振り返る。


しかしながら、今さら天木を押し止《とど》められたところで一体どうなるか？

しばらく、事の推移を見守る方が良さそうな考えは湧きかけている。

随分付け焼刃だったものの、泉自治会周辺で、天木というスパイを焙り出し、かつ彼に働きかけて「巴団分裂」を誘う大計略が、思いの外早く叶《かな》いつつある。
・・・その副作用まで考え及ばなかったが、只、これ位なら、受け入れ範囲内かも知れない。

雑誌記者として、もう明らかにやり過ぎなのは承知の上だった筈……。

保育園からの帰り道、気が乗らない中、隆夫は、思い切って天木宅へ立ち寄ることにした。

ここまで彼を焚《た》き付け、混乱させた原因である自分が、手の平を返して逃げるのは卑怯極まる。

会えば何か事態好転できる程の知恵も持たないが、ともかく彼に対し最大限、協力の意思を約束してやりたい気遣いである。

軽く励ますだけでいい。こちらが引き続き味方だと、強く信じさせられれば、却って落ち着いた行動を促す事になるかも知れない……。

当地入り以後、歩いた経験が無い西方向へ、駅前を通って延々と、旧市街内を行く。

駅から三十分余り歩いた頃、丘沿いの、「副島《そえじま》地区」と呼ばれるやや起伏有る住宅地域にて、「塚野町《つかのちょう》三丁目」の、細い路地奥に目的場所が見つかった。

新しいとも古いともつかぬ簡素な共同アパート。

正面壁際、粗末な木製ポスト棚に、薄く書かれた「天木」の文字も、ちゃんと読み取れる。六室ある二階中央の住戸だ。そのまま階段を上った。

玄関ブザーを一回押したところ、シーンとしており、ひなびた板壁の臭《にお》いが立ち込めるのみ。

「まだ帰っていない」と判断し、諦める他無かった。

21

窓辺に立ち、レースカーテンをゆっくり開ける。

壁いっぱい上下、縦長の広いガラス窓面のみが妙に明るく、ふと、戸外を覗きたくなった。

屋内の暗さ故、そう思えたかも知れない。いつもなら入室後、すぐ点灯してしまうところ、今日はとても動きが鈍い。

午後六時、ホテル「福鶴」七〇一号室。

真下の、車一台ずつなら擦れ違える狭い道路を隔て、向かい側は、主に中小オフィスや飲食店からなる多用途なビルが、沢山立ち並ぶ。

駅前中心街でも裏手に当たる。それら古ぼけた佇《たたず》まいが今、残された日光を吸い、白っぽく映えている。

なぜか夕陽には全く思えない、高々と弱い光——。


背後の北空も、確実に暗くなりつつある。

一日中、盆地上空で留まり続け、分厚く重なった雨雲が、濃い灰色に微かな青みを帯び、なぜかその内、緑色系に転じそうな気配さえする。

くすんだ薄緑——「緑青《ろくしょう》」と呼んでもいい。銅板や銅細工を何十年、何百年もかけ染め尽くす、あの青カビ紛いの錆色。


隆夫は、巨大な風景画を前にする思いで立つ。

向かい正面の中小ビル群から、ちらちら覗く遠景まで、誰か一人の名画家に描かれた如く同じトーンを有する。おぼろげで、陰うつだが美しい立体パノラマとして、日入市中心部を俯瞰《ふかん》する——決して全景でないものの、そこが「この町のすべて」とみなしたい感慨を抱く。

夕刻遅く、たまたま出会《でくわ》した淡い緑青系色彩の北空、そして虚ろな残照に映える地上が印象的だ。

　約一ヶ月前、初めて当地へ着いた夕刻、駅前で、ふと車外へ目を奪われた町景も、これに近いものだった。

　——この「絵」の中、私も一員となった各場面が、塗り込められている。本当に、我なが
ら怖い程、どっぷり溶け込んでしまったなあ、と。

　巴団事務所、鉱山跡地、泉自治会、どんぐり保育園……色々出会い、交わった人々や事
物が、それぞれ、同じ淡い緑青系絵の具の筆遣いであるかに述懐される。

　あるいは己の気持ちがもう、この町から離れかけている故、こうして眺める事もできる？

　——いや、そう考えたいだけなのか。

　何とも治まり切らない心境だ。

　実際、隆夫が日入市で、約一ヶ月間、滞在した取材行動自体は、もう「完了」と言える。
只、それら収穫を手際良くレポートにまとめ切れていない。追加項目も増え過ぎ、相変
わらず後半部分は迷走状態。
　目新しい情報が得られる度、ひと通り要点のみ、デスク宛に知らせていたので、特集の

枠組みは大体決まった頃だろう。そこへ放り込む本体が……。
作業時間も徒《いたずら》に費やしてしまった。明日から集中し、当初念押しされた極秘課題だけは、しっかり間に合わせよう——。

彼が「今後」を無視できない理由に、プライベートな思惑も働いている。一昨年、スタッフ少数の特集班へ同時配属され、仕事外でも結構親しい横井絵美との関係が、今回出張中、思いの外進んだ。
訳も分からぬ運任せで？ ——或る種「幸せ者」かも知れない。夜を共にしたのはあれ一回切りだが、お互い、変わらぬ気軽さ。

もし、また持ちかける場合、〝単なる弾み〟で済まないし、もう方向は彼女で固まりつつある程、本物らしく感じられる。
将来までつながる話かはともかく、そこまで考え及ぶと隆夫は、改めて、事件へ深入りし過ぎた身の上を省《かえり》みずにいられない。

都合上、レポート作成が少々遅れるのは織り込み済みとして、今後、何より先あの問題を、せめてこれ以上こじらせぬよう、無難な線で片付けたい——安全を求める姿勢が闘志と入れ替わり、心内いっぱい占め出したのは余計、悩ましい限りだった。

夜更け。

床へ就いてからも、隆夫の脳裡は一向に、静まらない。

ホテル大窓から見下ろした夕刻風景の名残りが、全面憂い一色で染まったままだった。

棒のように張り詰めた体で何度も寝返りを打つ。それ自体、さ程珍しくないものの、或る思い煩いと結びつくが故、中々すっきり力が抜けてくれないのだろう。

寝てはいるのに常時、神経を圧迫される心地――ほぼ闇中で、空気そのものが、鈍く緑青色を帯びて思え出す。


日入市到着した初日の夜半、やはり同様に寝苦しさを覚えた。

但し、奇妙な生理的快さも伴い、自らこの異郷の一部となり行く予感を催したものだ。まるで一生涯が一夜に結晶し、天地創造を司《つかさど》る如き興奮となり、たまらず、仕事上のパートナーが泊まる別室へ直行してしまった。――夢現の感覚から高じて勇気に溢れ、迷わず行動できた。

それは妄想、幻であったかも知れない。しかし立場上、世間からも祝福される側という前提は有り、そこへ「旅の楽しさ」や、重大案件を引き受ける意気込みが加わった。

非日常との境目に立つ冒険心理として、止《や》むを得ない所だったろう。

――その結末が……これだったか――。

現在、正直がんじがらめ。何処やら所在知れぬ魔物の罠に囚われた有様なのだ。

幾ら反省しようと意味が無い。己の行動が正しかったかどうか？　判断できる目安は一切どこにも……。

知らず知らず、眠気が被うに従い、心身から堅い「張り」は少しずつほぐれ出す。

現実がどうあれ、少なくともこの真夜中だけ、何もかも忘れ去る解放感がそろそろ訪れそうな――。隆夫は一心に、そこへ転がり込もうと欲する。

やがて、呼吸も、心拍も、やや落ち着いたテンポを取り戻す。

不可解極まる気重さが、陶酔へと変わり始めたか？　また、あの初夜のように……。

「歴史は、おまえが造る」――。

厳《おごそ》かな声で、そう語りかけられた気がし、ベッド上の彼は思わず目が開く。

但し夢のど真ん中、何一つ重み無く、あたりすべて均等な、程良い自在空間だ。

――歴史の幕を開くのは、政治家でも資産家でもない。

皆、おまえが来る日を待っていた。彼等あらゆる層の全力を投じても、あと一歩及ばず、万事病み荒《すさ》ぶに任せ、長年放置されたこの町――いよいよ「滅び」に瀕《ひん》しつつある。

しかし、そこへ「救い」が遣わされた。

おまえは、応える義務を有する。誰が自ずから察するだろうか――。それは選ばれた者にのみ、人為を経ず伝わる。

運命的困難と立ち向かい、民から悲惨を取り除く機会が唯一、今もまだ、おまえの手中に残る。

〈幕を開く？　……歴史とは――〉

太古の出来事か、それとも、まだまだ将来へ向けた話か？

まるで名高い伝説を追体験する気分自体は光栄であり、一方、現実離れした反応もうごめく。止めよう無く始まる夢想郷。

あの泊まり初夜をほうふつさせる高まりが、ようやく点火した感じだ。

それは一種の発作現象なのか。

ここから遥か隔たって暮らす他人とも直接会話できる程、情の密度濃く、鋭い。世間常識など一切抜き、奥また奥の本音同士で——前回は、同僚記者の横井絵美へ向けられたに違いない。


だが今夜、彼女と異なり相手は、天木五郎だった。

しょせん隆夫の一人芝居であったにせよ、思い通り意思を通わせられないジレンマが、尚もつきまとう。

——天木が、自ら属する秘密結社リーダー＝星林個人の、不正取引や大会社乗っ取り構造を告発に踏み切った事は、九十九パーセント間違い無い。すべて、隆夫からもたらされた新条件に基づく。

天木という〝敵方スパイ〟の逆利用だが、彼らしい潔《いさぎよ》い気質は並々ならず、今や星への謀反《むほん》も考えられる雲行き。そうした点、もしかしたら日入市より、社会病巣が治療される数少ない機会、と思えなくもない。

その肝心な出だしに、隆夫自身が足を引っ張ってしまった。

一体、隆夫にとり天木は、〝鉄砲玉〟や「持ち駒」か？　それとも、兄弟並みに掛け替え無い「戦友」か——そのあたりの曖昧過ぎた見極めが、結果、双方共窮地へ追い詰めている。

そんな情勢下、片方である隆夫は天木へ向け、ひたすら信号を送り続ける。勢いばかり増す反面、まだ「得意の絶頂」とは程遠い。

相手からの返信が期待できてこそ、それは守り立てられるものだが……。

今夜、隆夫の如何なる心情も、発せられた後、反響せずそのまま虚空へ吸い取られて行く具合なのである。


「天木……」


汗だくの中、いつしか、口ごもりつつ肉声で呼びかけていた。

思いは、本筋を外れ、なぜか、無条件の天木賛美へと転じ始める。

それ以前、天木を、腰は低いが芸達者で、油断ならない奴、と決めてかかる向きが強かった。

……誤りかも知れない……。

彼は第三者＝私から吹き込まれた後、いとも容易く反旗を翻《ひるがえ》した。これから、どうするつもりだろう。

立ち入った告発内容だと、命さえ狙われかねない。すべて覚悟で訴えに走る——それ程、過去、巴団を信奉し切っていた?

彼こそ日入市の衰勢を人一倍憂える青年壮士であったか。町に栄えを甦《よみがえ》らせるため、我が身を顧《かえり》みぬ人柄の……。


——天木五郎。まやかしを知らぬ一徹者、そして恐らく真の正義派。

彼の向かう先、堕落や腐敗は似合わない。大多数に幸《さいわ》いが約されるなら、どんな無理も卑屈も厭《いと》わず、引き受ける。

だが、彼とて独りで、難業は遂げられない。世直し達成へ、あと一歩足りない力を常々、痛感させられた。

「あと一歩」——それが、隆夫、おまえなのだ。

よく耳を澄ませ。天木の呼び声が聞こえないか、生身より絞り出す叫びが。

過ちを繰り返すな。天木は善意の男。ささやかな施設にて、いずれ町全体を立て直す柱として育つ一本の若い茎であった。思想上、誰々と交わるかは別問題。いや、一時期身を置く淀みからさえ、腐敗を洗い流し切れる事だろう。

彼はこの度、著しい動きへと駆り立てたおまえにこそ、しっかり見て貰いたい。誠心誠意応え、こうなるに至った足跡を——せめて、まだ伝える価値有る残り時間の内——。

「天木いーっ！」

〈天木が危ない〉

跳ね起きた隆夫。

静かなベッド上には、身の回り一帯、何となく埃っぽい空気が充満しており、窓辺よりレースカーテンを透した外光にもまとわり付く感じだ。

夢の闇中、部屋内外を包んで見えた〝緑青色〟と同質かも知れない。

しかし、高く曇り夜空にまで立ち昇るようだった浮力も、もう失せ、今それは、床面上をじっと止まった存在。

もし、風でも吹けば流され、飛び散ってしまう程、頼りない塊《かたまり》であり、只、形ばかり辿れる跡に過ぎない。

そこでは、過去の香り等ごく僅か、生気乏しくまぶされるのみ。

夕刻、そして様々な思いを極めた長い夜更けへの道程《みちのり》が、ついに「昨日」と化した事も体感させられる。

隆夫の意識は、ほぼ、はっきり冴え渡る。

体調重い。だが、考え続ける暇を必要としない。もうすぐ午前四時。

ベッドを下りると、素早く着替えた。

手短《てみじか》に連絡した上、五〇三号室へ絵美を訪ねる。

丁度熟睡中を起こされた彼女、隆夫からの電話と知るなり少々機嫌悪く、寝言半分呟《つぶや》いていたが、入室した彼と対面時、不安が先立った事だろう。

旅気分に溢れ、出来心で言い寄って来た前回の大胆さ、自信は窺えない。言葉確かながら、神妙過ぎる物腰。


「天木と会う。同行を頼む。

……ぼくが何を話し、どう振る舞ったか、全部見て貰いたいんだ――」

青ざめた告白を境に、どこかが変わり始めた。

もはや彼の行動は、第三者的な調べ事でない。天木、巴団、ひいては日入市そのものに関し、今後を左右する一人として責任もわきまえている。

誰かから丸ごと信頼された以上、こちらも、精一杯応えたい人間感情に立ち返ったか。


程無く一階へ下り、まだ夜間照明中のロビーを、あたふた通り抜ける二人。

ホテルスタッフに部屋の鍵を預け、そのまま町中へ歩み出した。

外出する際いつも、一定場所まで乗用車使用だった事なぞ、すっかり忘れている。大概幅狭いこの町の道路が、駐車にやや不便なのも確か。

目標は、駅南ホテルから北西約二キロメートル、と中途半端なため、一々カムフラージユを考える余裕が無い。

只、暗がりの裏通りで、身なり慎ましい若い男女が、脇目も振らず意味有りげに小走りする光景は、結構目立つものであった。

当人達も、己の行動に逆暗示され、何か抜き差しならぬ事態と向き合う心境だったろう。

マスコミは、発見者と同時に発言者である。世のあらゆる営み、あらゆる成り行きから僅かが選ばれ、取り上げられた後、「事件」に生まれ変わる。或る意味で「歴史の創り手」とも言い得る。

隆夫等に課せられた使命とは、この時代を、できるだけ残し、いや残すためにも自身が、事件の一部と成り切る事。

そうした変態を経なければ務まらない場合も有る。

――走れ走れ。やり直す過程に「早過ぎ」は無い。傍観者であってはならない。おまえの眼前に、将来すべてが開きかかっている――。

絵美を誘い、半ば取り憑かれたかにホテルから飛び出した隆夫は、天木が住む共同アパート目指し、ひたすら駆ける。

車を使う考えすら及ばず……。無論、脳裡に占める焦燥は、四輪車でもバイクでもそれこそ全速力を上げ、そこへ乗り込みたい位、切羽詰まった相を帯びていた。

冷静に戻れない。誰がどうあれ、とにかく大変なんだと、感覚任せのまま動き続ける。薄暗い中、両脇を巡る町並みに、昨日下見した時の残像が、只その場毎、当てはまるのみ。

どれ位詳しく覚えられたものか？　入り組んだ路地を物ともせず、ぐんぐん突き進む。目で確かめるより先、体が自然、「そちらへ」とばかり導かれるのだ。

あたり町全体、青黒い。天候はあまり摑めないが、もしかしたら今日も、また微妙な曇りかも知れない。

何となく、東南の地平線上で、低い空がうっすら白みかけている感じ。

一度きり立ち寄った記憶を頼りに、しかし、どうやら迷わず目的地へ到達できた。

新旧入り混じった閑静な住宅街の一画に、特徴有る二階建て共同アパートが影を現す。北隣がかなり立派なお屋敷であり、高い塀と、生け垣や大木で境界を区切られ、外目に、やや物々しい場所。

無言で顔見合わせ、頷くなり早速、外階段を駆け上がる二人。手摺りの錆止め塗料が赤黒い。

丁度、獲物に狙いを定めた猟犬の如く、身ごなし軽い隆夫。絵美も遅れず続き、揃って、古い安アパート二階へ……。

中央の天木宅は、そこ一軒だけ表札が出ておらず、却って特定し易い。

だが、玄関ブザーを数回押しても応答無し。

次に、ノブを回した隆夫の右手は、いとも容易くドアを引き開けてしまった。

中からの空気と触れた途端、肌で覚る——ここには、誰もいない。それも、かなり長い時間？

人の匂いがしない、というより、何か「無人の気」が応える佇《たたず》まいなのだ。茫漠たる心理に包まれ、只、立ち尽くすばかり。

〈やはり……〉

隆夫にとり、それが正直な感慨だ。実の所、ここで天木と会える自信は最初から持てなかった。だから昨日昼、同じ機会を〝手中〟にしながら、結局打ち切ったのか。それでも、他の場所を考えられない矛盾が、今朝、再び足を向けさせている。ここに居てくれなければならない——単なる願望と化すのを極力避けたいが……。真実は早晩、明かされる——。

なぜか、ここを天木の、人生すべて見通せる峠であるかに位置付ける。彼と接触したごく短期間、決して公平な心遣いを守れなかった。もし、もう一度会ったなら、お互い、あらゆる先入観・疑いも晴らせられる筈。

天木が、ついさっきまで、ここで寝起きしていたと、できる限りそう信じたい。それが裏付けられる証を是が非でも得るべく、屋内へ踏み込む。
この、乾いた生ぬるい空気にどこか、人肌の温《ぬく》もりを残していないか？　たとえ痕跡だけであれ見つけ出し、今や天木に一体化した魂同士、対話が試みられるよう求める。

――新しい風は吹き始めている、どれ程辺鄙《へんぴ》な地方にも。
その香りに目覚めさせられ、思い切り芽を伸ばした若者がいた。
正しさを「正しい」と信じ、誤りを「誤り」と認める――その、実は大変難しい選択に怯《ひる》まない勇気を授かった……。そうだ、君がきっと願うとおり、この世に「美しい現実」が有っても構わない。社会とは元々、幸せを目指し営まれるべき所だったんだ。

早く登場し過ぎた人生――君は必ず、歴史に刻まれるだろう――。

ベッド上で乱れた毛布に、体温は籠っていそうになく、しかし、手洗い場の流し面が幾らか、しっとり艶を帯びる。

唯一明るみは、隣家芝地の庭園灯から涼しく照らされる北窓辺。

開けっ放しが気になり、近づくと、小テーブル上、折り寄せたカーテンと紛れ、一冊の薄い本——或る女流作家による短編集——『朝まで夜が続く』——が、読みかけのまま伏せ置かれていた。

（おわり）

著者プロフィール

安本 達弥（やすもと たつや）

昭和30年２月10日生まれ。
兵庫県立星陵高校卒業後、神戸市勤務。
昭和63年「日本全国文学大系」第三巻（近代文藝社）に短編を収録。
神戸市在住。

著書『公園の出口』、『裏庭』、『窓辺』、『泉』、『駅』『純粋韻律』、『「裏」から「表」へ――愛（恵み・救い）――』（以上、近代文藝社）『人形物語――愛・恵み・救い――』、『当世具足症候群』（文芸社）

本書は2006年に近代文藝社より発行された同名作品に加筆、修正したものです。

曇りの都

2020年11月15日　初版第１刷発行

著　者　安本 達弥
発行者　瓜谷 綱延
発行所　株式会社文芸社
〒160-0022 東京都新宿区新宿１－10－１
電話 03-5369-3060（代表）
03-5369-2299（販売）

印刷所　株式会社暁印刷

ISBN978-4-286-22024-6